FAIRY·TALES·BY·HANS CHRISTIAN·ANDERSEN

安徒生 II 故事選

——國王的新衣 及 其他 故事——

ILLUSTRATED BY HARRY CLARKE

名家插畫版

安徒生——原著

哈利·克拉克——繪圖

劉夏泱——編譯

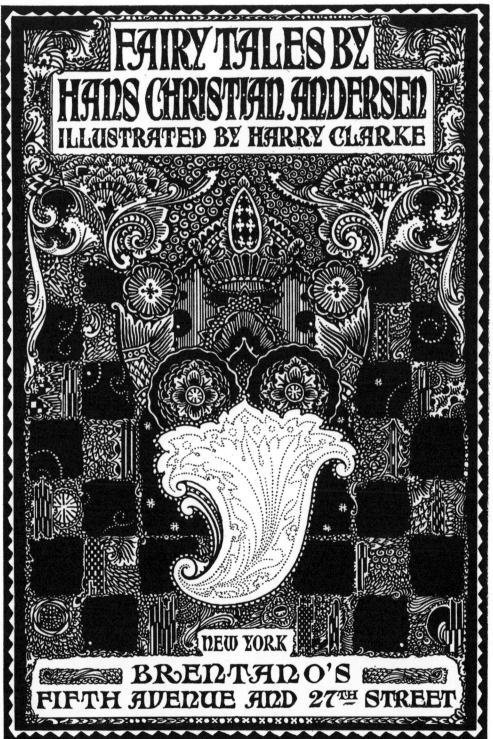

目次

插圖目次

重讀療癒人心的安徒生

安徒生故事選一、二導讀

　　童話的情節往往給人的印象是，在百花盛開的溫室裡醉生夢死；但是安徒生（Hans Christian Andersen）的童話卻總是給人不同的感受：在他的故事裡，許多字句如刀，刀刀刺骨，就像在危機四伏的黑夜裡枕戈待旦一般。他不僅嘗試了各種體裁，還以非比尋常的敘述方式，處理各種社會和心理的主題。他還是一個自我嘲諷的大師，經常使用第一人稱的敘事，嘲笑自己，也嘲笑那些自負的人，藉由講述故事來揭示這種自命不凡的可笑。在他的童話世界裡，不光是只有那些絢爛奪目、甜美得醉人的東西，也有不少令人驚怖的事物。好比那嬌嫩纖細的拇指姑娘，忽然遭到醜陋的母蟾蜍擄走；在逃脫後，轉眼間又被任性的金龜子挾持了去；母田鼠和鼴鼠則是想用另一種方式掌控拇指姑娘的命運。他的那些故事不再依循從前的童話套路了；前方等待著主人公的，也未必總是永遠幸福的結局了。

現實生活和人性的種種面向都帶著重力，那些魔咒、交換、懲罰或死亡，都不再輕如粉紅色的泡沫。它們投射出某些巨大的幻影，就像是〈冰雪女王〉中歌爾姐從牆面上看見的那些倏忽閃動的「夢影」，它們在夜晚時降臨，把人的思想帶出去遊獵一番。夢境雖然沙沙地掠了過去，卻不禁讓人眼花撩亂，而且像是隨時都要坍塌那般。不論在夢中或是夢醒之後的結果會是什麼，都讓人無法確定了。就如〈沼澤王的女兒〉中的黑爾嘉，在白天儘管外表柔美，內心卻野蠻而殘酷；當夜色昏沉，她便收縮成一隻青蛙的形狀，安靜而悲戚。這該是多麼大的諷刺呢。到底，哪一個才是真正的黑爾嘉？或許，這兩者都是，又或許都不是。因為安徒生更想說的似乎是，只有表面和內在經過某種特殊的轉化，只有當這兩者真正合而為一時，黑爾嘉才能成為真正的自己——我們，才成為真正的自己。

　　安徒生在某些故事裡非常強調宗教的力量，某些故事又太流於感傷和悲情。無論如何，他確實是將自己深深地拋進故事所揭露的各種問題裡，而且並不總是用理性的方式去探索答案。在許多短篇童話裡，書中人物在他的筆鋒下，往往置身於生死攸關、步步驚心的危機之中。他總是嘗試從不同的角度寫作、使用不

同的體裁、嘗試借鑑其他作家的表現形式和思想，並將自己的人生經驗嵌進敘事裡。或許我們可以說，甜美的童話總能給人一夜好眠，心中歡暢；但安徒生童話的情節和結局卻總是把讀者割傷和噎住，就像夜鶯那撩人心魂的音樂乍然闖入了人們的黑夜或白晝。

人們對這位生平飽受折磨的作家，他的親身經歷和內心狀態，還有他孜孜不倦地進行的創造性實驗，往往所知有限。真實中的他，似乎試圖創造出能讓自己從現實生活中超脫的童話故事，藉此逃離痛苦。至於他是否成功地拯救了自己，總是一個值得商榷的問題；但是，他的確為我們留下了一些至今仍然令人驚奇的故事，甚至促使我們去思考關於人類生存意志的問題。他筆下的那些人物個個具有鮮明的性格，往往不願屈從強者的支配和命運的安排。他們不再只是童話舞台上，被整個故事佈局所操控的演員而已。雖然這些角色可能顯得弱小，但卻有著強大的意志，在屬於自己的劇本裡，釋放出無窮的威力和魅力，無論是拇指姑娘、歌爾妲或是〈野天鵝〉裡的艾麗莎。儘管她們的願望未必都獲得了滿足，卻無疑地演出了一場無與倫比的好戲。

有時，童話想讓人看見而且願意去相信這世界的美好；但安

徒生的童話似乎是拋出了這樣的疑問：世界真的是那樣的嗎？如果不是，人們要如何才能獲得真正的幸福呢？隨著年紀增長，我們變得愈來愈能同意安徒生所考慮的那樣。即使尚未經歷過人世間的貧窮病痛，沒有體驗過愛情的苦與樂，生活中也仍有許多無可奈何，讓人能從安徒生所描繪的種種得到新的領悟。幸福就在彼岸，而通往幸福的道路總是佈滿荊棘。

　　安徒生提供給這個破碎世界的治癒良方，有時並不是述說一個溫暖的故事，或者提供人一種暫時的歸宿感。他給的藥方似乎更為複雜：他既不希望人們只注意世界快樂的那一半，而過於天真樂觀；也不希望人們因為世界苦難的那一半，而變得老氣橫秋。因為他並沒有否定這世界的幸福美好，而只是想提醒我們要更加注意那內在的維度，所以堅持人們應該保有善良和回轉童真。正如他在〈冰雪女王〉裡借老奶奶之口所說的：「你們若不回轉變成小孩子，斷不得進天國。」如果人們因為看盡了世間的百態和實相，而變得世故和堅毅，那樣並不足以得到真正的幸福美好。大人從另一個意義來說，其實也常常是迷途的孩童。他們所習得和經歷的種種，容易成為一種無形的枷鎖，讓人變得固執古板、虛偽功利。要使天國的道路向這類的孩童敞開，就需要幫

助他們喚醒心中原有的那份童真，憶起凱伊曾經忘卻的「永恆」的拼法。

　　掃煙囪工人和牧羊女逃離了自己原來的位置和命運，費盡辛苦爬到了煙囪的頂端。此時，天空佈滿了無數繁星，在他們的下方，羅列著城裡千家萬戶的屋頂。他們遠遠地眺望著這個廣闊的大千世界。牧羊女承受不了那麼大的世界，於是她哭喊道：「這對我來說太多了。」並央求掃煙囪工人把她領回到原來的地方。這似乎是個出人意表的選擇。或許，他們應該勇敢地邁向茫茫的世界？這裡似乎未必存在所謂「正確」的選擇，就如同真正的人生那樣。或許，我們可以先在煙囪的頂端坐下，靜觀下方城裡千家萬戶的燈火？

　　本書的插畫來自傑出的愛爾蘭藝術家哈利·克拉克（Harry Clarke）的插畫作品。克拉克是愛爾蘭藝術與工藝運動（Arts and Crafts Movement）的代表人物，同時，也是舉世聞名的書籍插畫家和彩繪玻璃藝術家。本書所翻譯的安徒生童話版本，則是由丹麥籍的作家暨演員尚·荷斯霍特（Jean Hersholt）的英文譯本：《安徒生完整童話集》（*The Complete Andersen*，共六卷，1949年出版於紐約）。荷斯霍特出生於丹麥，後來移民美國，一九一三年

開始成為好萊塢演員。他是安徒生童話故事各種版本的狂熱收藏家，還翻譯並出版了所有的安徒生童話故事和其他作品。他的這部安徒生童話英譯本文筆生動而流暢，敘事邏輯清晰，所以被許多人評價為英語世界最佳的譯本之一。

安徒生童話與它的文學傳統

｛ 童話的魅力 ｝

　　童話故事的魅力無與倫比，總是能讓讀者驚奇、迷惑。那麼，是什麼賦予了童話故事這種魅力和神奇呢？這些童話故事從何而來？為何能這樣吸引孩童和成人？人們又為何有時需要它們來慰藉孤寂的內心，或是讓孩子在它們的伴隨下，進入甜美的夢中？儘管我們不見得能完整地解答這些問題，但是，如果我們對童話，尤其是安徒生童話的本質和來源有較深入的了解，必然會有所助益。因此，接下來我們就來聊聊這個主題吧。

　　首先，我們必須進一步釐清文學童話（literary fairy tale 或 das Kunstmärchen）與口述民間故事（oral folk tale 或 das Volksmärchen）的差異，因為長期以來它們常常被混為一談。針對文學童話和口述民間故事兩者的區別，德國學者彥斯·蒂斯瑪（Jens Tismar）提出的意見普遍受到認同。他指出，如果要把文學童話視為一個有別於口述民間故事的獨立文類，就應該要認識到這幾點：（1）

文學童話與口述民間故事不同，因為能確知是誰撰寫的；（2）民間故事的特質往往是簡單、原始的，文學童話卻是人為刻意編造、精緻的；（3）文學童話與口述民間故事並沒有孰優孰劣之分；（4）文學童話之所以成為一個獨立的文類，除了能透過它與口述故事的關係來理解、界定之外，我們其實也可以把它看成採用和改編自傳說、中篇小說、小說和其他文學童話所構成。

　　人們很容易可以發現，文學童話在演變成為獨立文類的漫長過程中，「挪用」了民間傳說中的許多主題、符號和圖像，並且融入了其他文學類型的許多元素。這是因為，口述故事（又被稱為「傳奇」）必須經過改編，才能符合文學的標準，也才有利其在公共領域裡傳播。

　　這類挪用傳奇故事材料的童話故事，在中世紀時期曾經以各種形式存在於整個歐洲。到了十四至十七世紀之間，以拉丁文寫下的傳奇故事愈來愈多，於是「文學童話」逐漸形成了一種獨立文類，並開始建立起自己的慣例、主題、角色和情節。儘管在很大程度上，這個新文類還是高度依賴口述的方式發展，但它的聽眾（讀者）已經從原本的農民，演變為貴族、神職人員和中產階級。在這個新文類傳統的形成過程中，農民雖然逐漸被邊緣化，

不過，關於他們的題材、聲音、風格和信仰，都在這個時期融進了這個新文類。

﹛什麼是口述傳奇故事﹜

什麼是口述傳奇故事，其實很難明確定義，因為以歐洲和北美而言，每個村莊和部落都有自己說故事的模式，以及與其習俗、法律、道德和信仰密切相關的各種故事類型。這些故事往往揉合了編年史、神話、傳說、軼聞和其他口述內容，還會依據敘述者不同而有所變化。

儘管如此，大多數民間故事情節還是遵循了某個基本模式。學者弗拉基米爾·普羅普（Vladimir Propp）研究六百個俄羅斯民間故事文本後，在其著作《故事形態學》（*Morphology of the Folk Tale*）中，提出了構成「典型傳奇故事」的三十一個「基本功能」——所謂「功能」，是指那些故事中基本和恆定的組成部分，它們促使故事人物產生行動，同時也是行動向前發展所必須的條件。普羅普研究的雖然是俄羅斯民間故事，但它們與世界各地的其他民間故事，共享了許多特質，所以他的主張，還是十分具有

參考價值。

　　如果說，傳奇故事的結構和主題中有一個共通元素，被後來的文學童話所承襲，那就是「變化」──奇蹟般的變化。這種變化帶了些許的烏托邦意味，而且往往是對受壓迫者有利，但卻不是顛覆性的，並不反抗既有的體制。在傳奇故事中，任何人與事都可以產生變化，特別是主角的社會地位。對於構成中世紀大多數人口的農民來說，這反映了他們內心的願望。這願望與系統化、制度化的信仰體系無關，乃是十分世俗的。故事中，偶然發生的事件和變化都無法被預測或保證，但極少以不幸結尾，因為它們是願望的成就。

　　傳奇故事裡充滿了各種容易辨識的典型人物、神奇的自然大地，和能說話的動物，以及各種具有魔法和神力的物品。各式角色、情節設計和故事主題結合並變形構成了許許多多的神奇故事。出現在這些故事裡的奇妙物體或現象，通常被聽眾視為一種超自然現象或預兆，引發他們的欽佩、恐懼和敬畏之情，從而開始思考宇宙的運作──任何時候都可能發生任何事情，這些快樂或偶然的事件永遠無法被解釋。說故事者也不需要對角色多作解釋，這些角色是應時而為的，他們保留了對自然神奇狀態的信

仰，並尊重自然的各個方面；沒有受到傳統主義、權力或理性主義所破壞。

｛口述傳奇故事的文化意義｝

　　一般而言，這些故事有助於穩定、保存，有時卻也挑戰那些群體的共同信念、法律、規範和價值觀念。因此，它們自然也會對聽眾的社會化和適應某文化，產生一定的作用。這些故事所傳授的知識，也包含了成長必須經歷的種種過程，聽眾能從中學會該如何自我表達，或者善用意想不到的機會。

　　傳奇故事所表達的意識形態與說故事者息息相關，它透露出說故事者是如何想像自己所在社群的未來發展；而故事情節與轉折，也往往取決於說故事者想要喚起什麼樣的神奇和敬畏感。只是，由於這些傳奇故事已經存在了幾千年的歷史，並且在口述傳統中，經歷了許多不同的變化，也因此，故事敘述者最初的意圖是什麼，已經很難得知。有些學者認為，一則傳奇故事不管意識形態上是保守、性別歧視，還是前衛或歌頌解放，它無疑都是在慶祝「神奇的變化」，以及主角如何處理奇蹟般的事件，並賦

予它意義。事實上，「神奇的變化」不僅涉及主角的轉變，它更想像了一種新的「家庭」圖景——主角經常遭放逐，去尋找自己「真正」的家，一個能讓主角發揮潛力的理想場所。

{文學童話的形成}

雖然有大量的歷史證據顯示，幾千年前在印度和埃及就誕生了口述傳奇故事，自此，各種神奇變形的民間主題成為全世界民族史詩和神話的一部分；只是，文學童話由於欠缺相關的物質和社會文化條件，一直沒能在歐洲和後來的北美發展成一個真正的文類。這種情況後來逐漸出現變化，要歸功於一四五〇年到一七〇〇年間發生的許多重要發展，包括：本土語言逐漸成為各民族國家的官方語言；印刷技術的發明；閱讀群眾在整個歐洲持續成長，文人為了提供群眾閱讀的樂趣，開始嘗試撰寫不同種類的短篇敘事；同時，白話新文學體裁的概念也在這時出現，得到教育菁英階層的接受。

這時的文學童話還不是我們現代所理解的「童話故事」；而且，它們也不見得只是單純地挪用流傳於庶民之間的口述民間故

事。要釐清故事的口述傳統與故事的寫作出版之間的交織到底如何，其實比人們想像的更為複雜，不過這對於我們理解童話如何形成至關重要。原則上，口述資料並不是提供主題、角色、情節設定的唯一來源；因為早期童話故事的作者一般都受過良好的教育、閱讀了大量的文學作品，因而在創作童話故事時，也會使用其他文學材料。

在歐洲的中世紀時期，市面上還流行著俠義浪漫的英雄傳奇和史詩、編年史、佈道文、詩歌、抒情詩和啟蒙讀本等各種文本。這時的童話故事講述的主要是某個神奇的遭遇與變化，帶來了某種啟蒙效果，這也說明了故事的作者或傳播者希望以一種有趣的方式，去表達某個富有教育意義的觀點。只是，它通常是以拉丁文、中古英文、法文、西班牙文、義大利文或德文等高級形式所寫成。所以在大多數情況下，這些早期的童話故事並不適合兒童閱讀；它們甚至也不適合大部分人閱讀，因為當時的多數民眾並不識字。由於，這時基督教世界的神職人員主導了中世紀晚期拉丁文的文學創作，因此在歐洲的宮廷和各個城市裡，童話故事的「世俗性」還無法完全受到主流所接受，所以自然也就無法成為一種自主的文學類型。

{「現代」童話故事的產生}

　　儘管到了十八世紀後期和十九世紀初期，為上層社會兒童所出版的各種作品開始逐漸問世，但它們並不被視為兒童主要和「適當」的閱讀材料。人們似乎認為，這些作品對少年的思想發展而言並不「健康」。在大多數情況下，出版商、教會牧師和教育工作者，更喜歡其他類型的故事，就是那些更現實、更感性、更具教育意義的故事。

　　於此同時，格林兄弟也開始動手修改自己蒐集來的民間故事，刪掉其中具有色情和猥褻的敘事段落，讓它們比原來的樣子更適合孩子們閱讀，最後在一八一二年集結出版了《兒童和家庭故事》（*Kinder- und Hausmärchen*）一書。然而，在這些故事裡，奇幻且神奇的元素仍然被保留了下來，所以這書最初並沒有完全被中產階級讀者所接受。一直到了一八二〇和一八三〇年代，整個歐洲的讀者才逐漸改變了原本對待童話的態度。

　　除了格林童話逐漸成功成為兒童讀物，當時還有一些作家，諸如威廉・豪夫（Wilhelm Hauff）、約翰・愛德華・泰勒（John Edward Taylor）、皮埃爾—朱爾斯・黑特澤爾（Pierre-Jules Hetzel）

等人的作品也大受歡迎，這表示童話故事已經被大量的年輕讀者所接受。這種讀者反應上的轉變，主要是因為成人變得比過去更加寬容地看待奇幻文學，並且了解到這些故事並不會扭曲兒童的思想。另一方面，中產階級對待娛樂活動的態度也發生了變化。人們明白了兒童需要時間和空間進行娛樂，不見得非得強加道德觀念在其中，也不見得需要在他們聆聽或閱讀的材料裡灌輸特定的思想。

　　在這樣的背景下，一八三〇年到一九〇〇年間誕生了許許多多傑出的童話故事。安徒生則是這個時期最重要的作家，他從一八三五年開始發表故事，這些故事幾乎立刻被翻譯成多國語言，廣泛地流傳於整個西方世界。安徒生結合幽默感、基督宗教情感、民間傳說和原創情節，創造出一個個既有娛樂效果，又能教育老少讀者的故事。整體而言，許多十九世紀的童話故事反映出了作者個人的欲望與需求。這些作者認為，工業化和勞動制度化切割了他們的生活；隨著日常生活逐漸變得制式，機構日益官僚化，休閒喜好、作白日夢和運用想像力的空間也愈來愈小了。在他們眼裡，童話故事為娛樂、胡謅和消遣提供了空間；但這並不意謂童話故事放棄了自己的傳統角色——它依然是幫助聽眾和讀

者社會化的重要推動力。

｛安徒生童話與口述傳統｝

格林兄弟致力於記錄民間故事，努力想恢復民間故事的口述真實樣貌。這些最後的說故事者來自農村的老人，他們對於自己的記憶和使用的言語猶豫不決，口齒不清地說出那些多少有點不一致的故事。這種記錄說故事的書籍版本，可以說企圖忠實地呈現出實際敘述時的每一個細節，也一向被視為真實口述的證詞。不過，二十世紀的民俗學家卻認為，格林兄弟筆下口述般的簡單故事結構，仍然是一種建構出來的產物，一種模仿民間精神、浪漫的文學形式。

安徒生的童話故事則沒有試圖模仿或保留這種口述傳統。安徒生的故事無論來源是什麼，都是文學的產物，其風格和意圖都有意識地採取了文學策略。他的故事是在書籍這種文化產品的流通中被發明、編寫和出版出來的。然而，「口述」卻還是一個經常與安徒生故事有所牽扯的文學術語。這個術語之於安徒生童話，可以有三種理解方式：（1）口述代表既存的口述傳統是安徒

生故事取材的來源之一。（2）口述代表了一種敘事模式、一種講述故事的方式。（3）口述代表一種接近口語表達的方式。

安徒生如何運用口述的材料，是很常見的研究主題。此處的「口述傳統」顯然是指：安徒生年少時曾實際聽人說過的故事、可以在丹麥民俗學家所搜集的資料中找到的故事。格奧爾格‧克里斯滕森（Georg Christensen）就指出，在安徒生童話裡，至少發現有七則童話與流傳在丹麥的民間故事相似：〈打火匣〉、〈小克勞斯與大克勞斯〉、〈旅伴〉、〈野天鵝〉、〈養豬的人〉、〈天真的賽門〉、〈老頭子做的事總是對的〉。這些很可能是安徒生小時候在歐登塞省聽來的故事。

問題是，他在多大程度上能稱得上是口述傳統的繼承者呢？我們可以將口述視為他故事的重要特徵嗎？安徒生最早發表的童話故事〈死人〉（The Dead Man）或許可以提供一些線索。安徒生從一開始就在副標題清楚表明，這是「一則腓尼基的民間故事」；而且故事原有的附註也提到，這是他小時候聽來的故事。內容講述一個年輕人離開家到世界各地去旅行，在一個死人（他或多或少是年輕人已故父親的替代者）的相伴之下，展開了一趟現實、性幻想與奇幻世界交融的冒險之旅。這則故事並沒有很多

人翻譯，因為它後來被改寫成了另一個更有名的故事〈旅伴〉。而學者經常以〈死人〉和〈旅伴〉為例，指出這是安徒生如何從早期、不成熟的風格轉變為他自己獨有的風格——為兒童（和成人）而寫，簡單、口述式的說故事風格。但即使是原本的〈死人〉版本，整個故事的意圖和風格就已經和民間故事有極大的差距了。所以，與其主張安徒生是模仿口述傳統的說故事者，「口述性」對安徒生而言，在意義上，其實所指的更是他那接近口語表達的散文風格。

安徒生的密友愛德華・科林（Edvard Collin）曾經描述安徒生為科林家的孩子們說故事的情形，而且解釋這種「典型的」安徒生童話，是以非常生動和戲劇性的方式進行的，與一般書寫的散文風格十分不同。愛德華・科林表示，這就是後來安徒生想在自己故事中營造出來的風格。安徒生本人也曾經在一八六三年出版的童話故事評論中提到：「在風格上，應該像講述者正在說話那般，因此所使用的語言必須接近口述的話語。」

正如安徒生本人以及愛德華・科林所描述的那樣，安徒生的口述性，與模仿或重塑民間故事的原始口述傳統的關係並不是那麼大。因為原始口述傳統是出自文盲之口，是普通民眾用自己精

彩生動的表達方式來講述故事，也許是對著兒童說，但更有可能是對其他成年人說，以做為一種休閒娛樂。但是，在安徒生童話中的口述性指的卻是完全不同的情況：是一種成年人專為兒童而表現出來的訴說方式，期望藉由語言和敘述風格吸引並持續抓住兒童的注意力。在此，「說故事的成人」具有雙重的意義。一方面是安徒生本人，他不時地（甚至是明顯地）在文本中以敘事者的身分出現；但另一方面，這個成人的角色則是由大聲朗讀故事的父母或其他成年人來取代。

因此，思考安徒生童話與口述傳統時，我們應該了解的是：首先，我們從安徒生的早期作品中找到證據，可以藉此推論，口述材料確實是安徒生故事取材的來源之一。但安徒生童話的敘事模式，顯然與所謂口述傳統的講故事方法有別；在提到安徒生的「口述性」時，指的實際上是他用一種接近口語的表達方式，刻意去模擬出成人對兒童說故事的語氣。

〔安徒生與文學影響〕

大多數的安徒生童話故事選集會依照故事最初的出版日期

來編輯。這樣的安排方式，能夠使讀者看見安徒生的創作生涯是如何發展，並與他生活中的事件相互參照。只是，這樣的理解方式也有缺點，因為許多評論家和讀者會過度解讀故事，在故事中尋找安徒生在傳記裡的那些經歷。例如，〈醜小鴨〉被視為代表了安徒生闖入上流社會所遭受的磨難，他必須克服障礙才能顯示自己是天鵝的貴族本性。人們也經常將〈人魚公主〉解釋成安徒生對愛德華‧科林單方面的愛戀。〈夜鶯〉則是反映了藝術家安徒生與他的贊助人丹麥國王之間的微妙關係。毫無疑問，這些解釋都有其道理，因為所有個人經歷和心理狀態都會對創作產生影響。但是，如果只把安徒生的故事看成他生活經歷的象徵，就容易忽略掉他作品的深度和原創性。

另外，有些評論家指出，儘管安徒生筆下的丹麥兒童文學和童話故事十分具有獨創性，並且在丹麥取得了巨大的成就，但是如果與德國、法國和英格蘭境內的童話故事進行比較，它們其實並不特殊。如果我們比較安徒生與路德維希‧蒂克（Ludwig Tieck）、諾瓦利（Novalis）、格林兄弟、沙米索（Adelbert von Chamisso）、穆特‧福開（Friedrich de la Motte Fouqué），尤其是霍夫曼（E. T. A. Hoffmann）等人的故事，可以發現，德國浪漫

主義者早就已經在嘗試創新童話故事這個文類，讓故事能表現出更加深刻的哲學意涵。他們將兒童和成人視為潛在讀者，進行語言的實驗，發展各種敘事的聲音，並且質疑社會的規範和習俗。但無論如何，有一點是不容忽視的，安徒生至少是丹麥最早意識到德國浪漫主義者種種成就的作家；同時，他也試圖以自己的風格，賦予童話故事一種接近口述的新語氣，繼續推動說故事方法的「革命」，所以仍然應該受到高度的讚揚。

　　安徒生做為一個極其敏銳的童話故事作家，既擅長模仿又具有非凡創造力。他豐富的想像力使他能夠把普通的事件和現象轉化為一個個非凡的故事，從而啟發嶄新的觀念。儘管，他不是一個深刻的哲學思想家，但他卻能發自內心用天真回應周圍世界，透過短篇敘事故事表達他對生命各種奇蹟的讚美。此外，由於他總是感覺自己受到壓迫、控制和誤解，所以，他也試圖在故事裡分析和處理那些痛苦的原因，為自己和讀者帶來希望──那個去追求自己夢想的希望。

﹛安徒生與文化影響﹜

安徒生早期的童話故事經常能讓人感受到他對童話這種體裁的熱情，彷彿他終於找到了一個適當的模式，來解決個人關懷的深層問題，並抒發自己因上流階層的各種羞辱而感受到的憤怒情緒。幾乎在所有安徒生的早期故事中，他都專注於刻畫那些來自底層的主角。他們一直在努力融入社會，而他們的崛起則取決於自身的正確行為，並且必須受到更高權力擁有者的揀選與測試。所謂「正確的行為」，其實反映的是一種資產階級的價值觀。如果主角來自下層階級，那麼透過勤奮與堅持不懈，依循那個使資產階級統治合法化的道德體系，他天生的才能將會顯示出來，獲得成功。

一般來說，安徒生讚揚那些來自下層階級、力爭上游而成功的少數人，貶抑那些「逢迎巴結」的下層民眾，也批評來自上層階級「囂張跋扈」的人士。在對事物的哲學觀裡，他講究莊重和均衡，也認為一個人應正確地了解自己的位置和職責。例如，在〈養豬的人〉中，公主以不恰當的舉止取樂，最後落得一敗塗地；在〈國王的新衣〉裡，諷刺國王和官員的虛偽和自命不凡。

儘管如此，在安徒生的童話故事裡，幾乎沒有任何人物敢於光明正大地反抗貴族。他們往往勉強遵照上流社會的期望，表現出一種順應的態度，有時甚至是自我貶抑。雖然在故事中，對於那些受到壓迫和被剝奪權利的人們，安徒生確實給予了同情；但是安徒生對上層階級的謙虛和敬畏無疑也體現在他的作品裡——事實上，有批評家甚至認為，安徒生過於討好上層社會菁英和宗教保守人士，為了他們而刻意修飾自己的語言。安徒生以自己做為詩人（Digter）的「內在」天賦而自豪，並且虔誠地相信，在神聖天意的揀選下，某些特殊的人是超越其他人的——事實上，這種信念某種程度上，也反映出了他對於獲得上層階級承認和接受的渴望。

　　身為被支配階級的一員，安徒身儘管後來躋身上流社會，內心似乎仍處在一種分裂狀態。顯然這是因為，衡量他和他筆下英雄成功與否所憑藉的標準，其實握在資產階級的手裡——在丹麥和歐洲大部分地區，那是個社會政治逐漸轉型的時期，丹麥貴族的權利也在轉變當中。他所有的故事都明確地或暗示地提及一種存在於其子民之上、堅定而穩固的力量（神聖基督的力量），這樣的父權制度似乎是典型的封建思維，但是，主導故事情節的價

值體系卻還是徹底的資產階級思維。

安徒生經常在故事裡提及社會問題，但他卻很少提出替代方案或激進的反抗方式。他把穩定和安全置於理想主義之前，並選擇道德妥協而不是道德憤怒，選擇個人的慰藉和成就而不是集體的鬥爭和目標。他是藉由讓人們更清楚看見背後那些支配和壓抑個人的權力，來削弱或終結這種權力對人們的剝削，但卻並不全然反對它。雖然這種政治意識實在不太符合我們現代的口味，但我們似乎很難苛責他這一點。此外，他認同新興的中產階級菁英，但不以負面的方式描繪窮苦之人和他們被剝奪的權利，而是採取一種更為謙卑、人道式的立場——有天賦的幸運之人在道德和倫理上，都有義務幫助那些不幸的人。就更為精神性的層次而言，他筆下快樂和悲傷的結局都暗示著有一種絕對或神聖、和諧的力量；在這種力量之下，本質主義的自我和救贖最終將能夠合而為一。

參考資料

- Anderson, Graham. *Fairytale in the Ancient World*. New York: Routledge, 2000.
- Bottigheimer, Ruth B. *Fairy Tale: A New History*. New York: Excelsior Editions, 2009.

- Buttsworth, Sara and Abbenhuis, Maartje, ed. *War, Myths, and Fairy Tales*. New York: Palgrave Macmillan, 2017.
- Hunt, Peter, ed. *Understanding Children's Literature: Key Essays from the International Companion Encyclopedia of Children's Literature*. 2nd Ed. New York: Routledge, 2005.
- Kérchy, Anna, ed. *Postmodern Reinterpretations of Fairy Tales: How Applying New Methods, Generates New Meanings*. Lewiston, Lampeter: The Edwin Mellen Press, 2011.
- Murphy, Terence Patrick. *The Fairytale and Plot Structure*. New York: Palgrave Macmillan, 2015
- Zipes, Jack, ed. *The Oxford Companion to Fairy Tales: The Western fairy tale tradition from medieval to modern*. New York: Oxford University Press, 2000.
- Zipes, Jack. *Fairy Tales and the Art of Subversion*. 2nd Ed. New York: Rouledge, 2006.
- Zipes, Jack. *When Dreams Came True: Classical Fairy Tales and Their Tradition*. 2nd Ed. New York: Rouledge, 2007.
- Zipes, Jack. *The Irresistible Fairy Tale: The Cultural and Social History of a Genre*. New Jersey: Princeton University Press, 2012.

哈利·克拉克的插畫風格

｛克拉克插畫表現的精神面向｝

哈利·克拉克（Harry Clarke, 1889-1931）是愛爾蘭的彩繪玻璃藝術家及插畫家，也是愛爾蘭藝術與工藝運動的主要人物。他在插畫方面的事業顯然受到了早逝的藝術巨星奧伯利·比亞茲萊（Aubrey Beardsley）繪畫風格極大的影響。比亞茲萊早期作品重視細線和複雜的畫面構圖，晚期作品有大片的黑色和白色形成強烈對比，這些都是克拉克效法的重點；此外，克拉克也像比亞茲萊那樣，經常使用幾何形狀和彎曲流暢的條紋，在圖畫中創造色調和景深。

在《英國書籍插畫家詞典：二十世紀》（*Dictionary of British Book Illustrators: The Twentieth Century*）一書中，評論家如此形容克拉克的作品：「在他的插畫作品中，裝飾性的優雅與深沉黑暗的氛圍彼此結合，還經常透過表面圖案的緊密紋理和黑色的主導區塊來增強其效果；就像比亞茲萊那樣，他作品中的形象經常包

含巧妙的性暗示，但這些形象又經常與從教會圖像學中汲取的圖像相結合，所以偶爾會為他的藝術帶進一種『中世紀』的質感。」不過，克拉克不只在表現技巧上得益於比亞茲萊；從表現的精神來看，比亞茲萊和克拉克兩人的作品都帶有唯美主義（Aestheticism）和頹廢主義（Décadentisme）風格的特徵。尤其是，克拉克喜歡情色、怪誕和恐怖的題材，並經常使用與頹廢主義和象徵主義（Symbolism）相關的圖像和裝飾圖案。他也曾經為唯美主義最傑出的代表人物史溫伯恩（Algernon Swinburne）和啟發了頹廢主義的作家愛倫·坡（Edgar Allan Poe）的書籍繪製過插畫。

　　唯美主義的主張是，藝術的使命在於為人類提供感官上的愉悅，而非傳遞某種道德或情感上的訊息。它是維多利亞時代晚期出現在英國藝術和文學領域中的一種組織鬆散的反社會風潮或運動，大致從一八六八年延續至一九〇一年，一般以王爾德（Oscar Wilde）遭逮捕做為其結束的標誌。頹廢主義的起源則更早，它最早表現在法國詩人波特萊爾（Charles Pierre Baudelaire）的創作中，代表性的詩集是《惡之華》（*Les Fleurs du Mal*）。有許多人會認為，唯美主義和當時發生在法國的象徵主義或頹廢主義

運動，實際上同屬一個潮流，乃是這場國際性文藝運動在英國的分支。它們都是反維多利亞風格風潮的一部分，具有後浪漫主義的特徵。原則上，唯美主義、象徵主義和頹廢主義三者具有許多共同點，只是各自關注的面向有所差異。

{強調不自然的華麗風格}

頹廢主義者與讚美自然和自然神靈的浪漫主義者不同，他們認為外在世界和人性都是墮落的；在這一點上，他們同意自中世紀以來和更早以前的傳統基督教思想。但是，這些十九世紀晚期的藝術家和詩人並不像基督徒信徒那樣仰望上帝和更高的屬靈世界。他們發現自己被淹沒在各自的倦怠感、懷舊感之中，覺得自己不完整，因而將極端的伎倆──反自然──視為他們唯一的希望。他們筆下的詩歌和插畫，充滿了珠寶綴飾的圖像和矯揉造作的形態，如面具、拜占庭金飾和化妝品，以及華麗、乖張或不自然的自然景象，如蘭花和孔雀。

許多唯美主義和頹廢派詩人的詩歌作品都表現出一種懷舊氛圍。但他們不像托馬斯‧卡萊爾（Thomas Carlyle）、約翰‧拉

斯金（John Ruskin）和威廉・莫里斯（William Morris）那樣懷念中世紀，而是想回歸一個幻想中的古羅馬奧古斯都時代──一個有優雅華服、綺麗妝點和高尚貴族的堂皇時代。這種將自己與奧古斯都貴族聯結起來的傾向，似乎特別具有諷刺意味，因為除了王爾德之外，大多數英國唯美主義者和頹廢派詩人來自於中產階級，甚至是社會下層。

以比亞茲萊的《秀髮劫》（*The Rape of the Lock*）插圖為例，那些畫面是他以精湛的書法線條，加上精心設計的圖案所建構出的想像世界。相似的表現手法出現在克拉克的《安徒生童話集》（*Fairy Tales by Hans Christian Andersen*）裡（也就是本書中的插圖）。尤其是在克拉克繪製的〈拇指姑娘〉和〈旅伴〉彩色插圖，以及〈醜小鴨〉和〈冰雪女王〉的黑白插圖。他使用細密的線條和複雜的雕琢，使得畫面中的空間感顯得更為立體。他也經常刻意用心地表現紡織品和表面結構複雜的物件，效果令人震撼。

﹛大塊黑色和白色對比的風格﹜

使用大塊黑色和白色以形成強烈對比的技巧，也是克拉克從

比亞茲萊那裡習得的。在比亞茲萊最為人所知的作品——他為王爾德的劇本《莎樂美》（*Salome*）所繪製的插圖中，就高明地展現了這種技巧的出色效果，例如這幾幅插圖：〈黑斗篷〉（Black Cape），〈東方之舞〉（The Stomach Dance）和〈舞者的獎賞〉（The Dancer's Reward）。克拉克則是在《貝侯童話集》（*Fairy Tales of Perrault*）中，在〈灰姑娘〉（Cindrella）的標題頁，使用了如此大面積的完整黑色區域。

{從過度矯飾、香水和美髮取材}

由於在頹廢主義者眼中，十八世紀的社會和服裝十分刻意不自然，例如男女性的惺惺作態，克拉克也跟比亞茲萊一樣，對這些誇張的姿態多有著墨，尤其是那種放蕩不羈、遊戲人間的花花公子角色，例如克拉克在《安徒生童話集》裡，〈打火匣〉和〈養豬的人〉的彩色插圖，以及〈打火匣〉和〈冰雪女王〉的黑白插圖。

他們也喜歡從那些過度矯飾、化妝品和髮飾等主題（和圖像）取材，在梳妝台前梳化的女性，尤其能突顯那種以人工方式

強化美感的主題。例如，比亞茲萊為自己的詩作〈理髮師傳奇〉（The Ballad of a Barber）所繪製的插畫中，〈妝髮〉（The Coiffing）這個作品，和他在《莎樂美》裡的插畫〈莎樂美的梳洗室〉（The Toilet of Salome），都創造了表現「矯飾」的相同場景。克拉克追隨著他的先行者，也十分喜愛描繪華麗的假髮，例如他在《貝侯童話集》裡〈睡美人〉和〈灰姑娘〉的插圖，就讓主角們的頭部歪斜地穿戴著假髮。《安徒生童話集》裡的插畫，則以〈牧羊女與掃煙囪工人〉和〈人魚公主〉裡的彩圖，最能表達那種刻意矯揉造作的不自然感。

｛偶然亂入的怪誕圖像｝

頹廢主義的特徵是試圖透過冒充、造作和邪惡來逃避人類的現況，所有這些都被認為是「非自然」的，因此比「自然」更好；此概念在這兩位插畫家的許多作品中，便以視覺和語言藝術裡所強調的怪誕圖像來呈現。比亞茲萊根據德國民謠《唐懷瑟》（Tannhäuser）改編並插繪的小說《小丘之下》（Under the Hill）當中，〈維納斯在她的梳洗室〉（Venus at Her Toilet）這幅插畫前景

中的人物就是一例；還有《莎樂美》裡的兩幅插畫──〈東方之舞〉中的音樂家，和〈希羅底登場〉（Enter Herodias）左下角的人物，都出現了令人神鬼難辨的詭祕角色。克拉克在他的《浮士德》（Faust）插畫集裡的頁面裝飾中，也同樣大量使用了這類怪誕的形象，在童話故事集裡也是如此。

{性與死的交織}

除了對於怪誕形象有極大的熱愛，在這兩位藝術家的作品裡，還出現許多對性愛的描繪，特別是性和死的交織。例如克拉克在為詩人史溫伯恩插繪的同名詩集《史溫伯恩》（Swinburne）中，為〈福斯汀〉（Faustine）這首詠歎地獄女王的詩，繪製了一張令人震撼的插圖，圖中羅列著女性的裸體、骷髏和禿鷲；這種安排也可在比亞茲萊的《莎樂美》中的〈柏拉圖式的哀悼〉（The Platonic Lament）和〈高潮〉（Climax）中看見。雖然比亞茲萊偶爾會創造出一些令異性戀男性產生慾望的形象，如〈在床上的貝琳達〉（Belinda in Bed，出自《秀髮劫》插圖集）描繪了一個裸露的年輕女子，但他多數作品其實畫的是雌雄同體的人物──他

筆下的女性往往有著粗脖子和強壯下巴，看起來很像男性，而在《莎樂美》的〈舞者的獎賞〉裡，施洗約翰看起來就非常女性化。

克拉克為《史溫伯恩》這本出自雙性戀詩人創作的詩集，恰如其分地設計了一個雙重性徵人物的頁面裝飾。另外，他在《貝侯童話集》中的某些圖像，以及《安徒生童話集》中〈國王的新衣〉那張彩圖裡的國王，都是雌雄同體人物的好例子。此外，克拉克在明顯地描繪女性形象時，也總會強調她的頹廢和墮落。

參考資料

• Johnson, Diana L. *Fantastic Illustration and Design in Britain, 1830-1930*. Providence: Museum of Art of the Rhode Island School of Design, 1979.

• Peppin, Bridget, and Lucy Micklethwait. *Dictionary of British Book Illustrators: The Twentieth Century*. London: John Murray, 1983.

• Salaman, M.C. *Modern Book Illustrators and heir Work*. Ed. C. Geoffrey Holme and Ernest G. Halton. London: The Studio Ltd., 1914. *Internet Archive* version in a copy of the Cornell University Library. Web. 24 December 2012.

OI
拇指姑娘

　　從前從前，有個女人非常想要一個孩子，但是她不知道從哪裡可以得到一個，於是她前去請教老巫婆。女人問：「我內心非常渴望得到一個孩子，可以請您告訴我哪裡可以找到嗎？」

　　「喔，這倒不難做到，」老巫婆說：「這裡有一顆大麥。但是，它可不是莊稼人在田裡種的那種大麥，也不是雞吃的那種。回去以後，就把它埋在花盆裡吧。不久之後，您就會看到您想看見的東西了。」

　　「哦，太謝謝您了！」女人說。她給了老巫婆十二便士，然後一回到家，就種下了那顆大麥種子。它很快長成一株大大的美麗花朵，看上去非常像鬱金香。但是，花瓣緊緊地包裹起來，還是一個花苞的樣子。

　　「這真是一朵美麗的花呀！」女人說，並親吻了一下它紅色

和黃色的甜美花瓣。就在她親吻花朵的時候，它發出了響亮的聲音，隨後便緩緩地綻開了。這果然是一朵真正的鬱金香。但是，在花的中心，就在那根綠色花蕊的上面，坐著一個嬌小的姑娘。她看起來既精緻又可愛，不比拇指的一半長，所以她就被人們叫作拇指姑娘。

　　一個漂亮的核桃殼被拋光以後來當作她的搖籃，床墊是用藍色的紫羅蘭花瓣做成的，玫瑰花瓣則拿來當她的被子。晚上她就睡在這裡；白天，她在桌子上玩耍。女人在桌上放著一盤水，上面放了一圈花，花莖浸在水裡。她又讓水上漂著一朵鬱金香花瓣。拇指姑娘用花瓣當船，用兩根白馬鬃毛當槳，從這邊划到那邊，又從那邊划到這邊。這景象真是迷人。她也能唱歌，她的聲音比任何人所聽過的都要溫柔和甜美。

　　一天晚上，當她躺在搖籃裡時，有隻醜陋的母蟾蜍從窗口跳了進來。窗上有一塊玻璃破了，所以這隻又大又醜，還粘糊糊的母蟾蜍，便從那裡爬了進來，一跳就跳到拇指姑娘睡覺的桌子上，而這時她正睡在桌上鮮紅的玫瑰花瓣下。

　　「這小姑娘和我兒子倒是十分般配呢！」母蟾蜍說。於是，她一把抓住了拇指姑娘正睡著的那個核桃殼，背著它跳出了窗

子，又一路跳到了花園裡。那裡有一條巨大的河流穿過，河的兩岸是泥濘的沼澤，母蟾蜍和她的兒子就住在這兒。啊！他長得和他的媽媽簡直是一個模子刻出來的，同樣是又醜又粘糊糊的。當他看見核桃殼裡那個優雅的小女孩時，便高興地大叫了幾聲：「呱呱，呱咯咯，咯咯咯。」

「不要這麼大聲說話，你會把她叫醒的，」母蟾蜍告訴他：「她一旦醒來，就有可能從我們這兒逃走，因為她輕得像天鵝絨似的。我們得把她放在溪流裡的一朵寬睡蓮葉上。她是如此輕盈又小巧，那葉子對她來說就像一座小島，她可就逃不掉了。趁她正在睡覺，我們得趕緊把泥巴底下那個最好的房間佈置好，你們倆結婚以後，就可以住進那裡好好過日子了。」

許多寬葉子的睡蓮生長在河裡，它們就好像漂浮在水面上似的。離河岸最遠的那片葉子是最大的一片，母蟾蜍背著拇指姑娘的核桃殼朝著那裡游了過去。

第二天一早，這個可憐的小姑娘睡醒了。當她看清楚自己在哪裡的時候，傷心地大哭起來。因為這片寬大的綠葉子周圍全是水，她一點也沒有辦法回到岸邊。母蟾蜍正在泥地裡，用綠色的燈芯草和黃色的睡蓮裝點房間，好讓它看起來美輪美奐，新媳婦

就可以心滿意足地住在裡面。接著，她和她那醜兒子游到了他們留下拇指姑娘的那片葉子那裡，想在把她帶到新房以前，先把她那張漂亮的小床搬過去。

母蟾蜍在她面前深深地一鞠躬，說道：「這是我的兒子，他就是妳未來的丈夫。以後你們兩個人會快樂地住在泥巴裡的新家。」

「咯咯，呱，呱」她兒子只會說這些話。

然後，他們便搬著漂亮的小床游走了，只留下拇指姑娘獨自一人在綠葉上。她坐著大哭了起來，因為她並不想住進黏答答的蟾蜍家裡，也不想讓小蟾蜍當她的丈夫，生下可怕的兒子。這時，在水面下游著的小魚看見了母蟾蜍，也聽見了她所說的話。於是，他們抬起頭來想看看這個小女孩。不過，他們一看見她，就感到非常地不開心，這麼一個嬌滴滴的可人兒居然要嫁給那隻醜陋的蟾蜍，和他一起生活。「休想！那可不成！」他們一起聚在拇指姑娘所在的那片綠葉旁，用牙齒咬斷葉梗；托著葉子和拇指姑娘順著小河而下，漂得非常遠，遠離了蟾蜍可以抓住她的地方。

拇指姑娘經過了許多地方。當灌木叢裡的小鳥兒看見她時，

拇指姑娘解下了自己的腰帶，把一端綁在
蝴蝶身上，另一端又緊緊地綁到葉子上。

他們高唱：「多麼可愛的小女孩。」葉子托著她漂流，愈流愈遠，拇指姑娘成了一個旅行者，來到遙遠的外國。

一隻優美的白色蝴蝶圍繞著她翩翩起舞，最後停駐在葉子上，因為他喜歡拇指姑娘。她又是一個快樂的小女孩了，因為蟾蜍抓不著她了。當她在河道上漂流，所流過的那些地方，景色是多麼地迷人呀。此時陽光灑在河面上，看起來就像閃閃發亮的金子。拇指姑娘解下了自己的腰帶，把一端綁在蝴蝶身上，另一端又緊緊地綁到葉子上。現在它航行得很快，拇指姑娘因為站在上面，所以前進的速度自然也快多了。

就在這時，一隻碩大的金龜子飛了過來。他一看見她，就立刻伸出爪子緊緊抓住她細長的腰，帶著她飛到了一棵樹上。原來的那片綠葉則是順著河水繼續流，而那隻蝴蝶也只能跟著一起飛，因為他還被綁在葉子上，無法脫身飛走。

噢，我的天！當拇指姑娘被金龜子一把抓到樹上時，她簡直嚇壞了。不過，她更擔心那隻被她綁在葉子上的蝴蝶，因為如果他無法掙脫的話，就一定會餓死的；但是金龜子才不在乎那些。他把她放到樹上最大的一片葉子上，拿鮮花裡的蜂蜜來餵她，還不停誇讚她是多麼的漂亮，雖然說她看起來一點也不像金龜子。

過了一會兒，住在樹上的其他所有金龜子都上門來拜訪了。把拇指姑娘全身打量了一遍以後，那些金龜子女士們豎起自己的觸鬚說：「不怎麼樣嘛，她只有兩條腿，那模樣多醜呀！」「她連觸鬚也沒有呢！」她們喊著：「她的腰可太細了。哈！她看起來簡直就像人類，醜死了！」所有的金龜子女士們都這樣說。

儘管拇指姑娘還是和以前一樣漂亮，把她劫持來的金龜子也知道這一點，但是因為她們七嘴八舌不停地嫌她醜，最後就連他也不得不同意她們的說法了。金龜子不想再留下她了，所以她可以去任何自己想去的地方。金龜子帶著她從樹上飛了下來，把她放在一朵雛菊上。她坐在那裡，想到竟然是因為自己太醜了，連金龜子也不願再和她有什麼瓜葛，她哭得十分傷心。儘管如此，她卻還是人們所能想像到的最可愛的小女孩，就像玫瑰花瓣一樣嬌嫩纖細。

整個夏天，可憐的拇指姑娘一個人住在森林裡。她自己拿綠草織了一張吊床，就掛在一片大牛蒡葉下面，好讓雨水淋不到她。她從花裡採蜂蜜來吃，每天早晨又從樹葉上接露水來喝。就這樣，夏天和秋天匆匆地過去了。然後是冬天──那既漫長又寒冷的冬天來了。所有那些為她唱甜蜜歌曲的鳥兒全都飛走了，而

所有的樹木和花草也都凋零了。她所住的那片大牛蒡葉也開始枯乾了，直到最後只剩下一根枯黃的梗子。她現在冷得要命，因為她的衣服已經又破又舊，而且她的身體又是那樣的瘦弱。可憐的拇指姑娘，她一定會凍死的！雪開始降下，每一片雪花落在她的身上，就像是整鏟雪落在人們的身上那樣；因為人們身材高大，而她卻只有一寸高。她把自己裹在一片枯萎的葉子裡，但卻完全沒有溫暖的感覺，她凍得直發抖。

現在，她來到森林附近的一片大麥田，田裡的麥子早已經收割完。在凍結的田地裡除了光禿禿的乾枯麥梗，什麼都沒留下。這時的她彷彿迷失在一片廣闊的森林裡。噢！她又冷又餓，就快支持不住了。這時，她走到一隻田鼠的家門口，這是一株麥梗下面的一個小洞。有隻上了年紀的母田鼠就在這裡生活，既溫暖又舒適；還有一整個滿滿的糧倉，和一個豪華的廚房和餐廳。可憐的拇指姑娘站在門口，像個小乞丐似的，請求誰給自己施捨一小粒大麥，因為她已經有整整兩天沒有吃任何東西了。

「妳這可憐的小傢伙，」田鼠說。原來她是一隻好心腸的母田鼠。「到我暖和的屋子裡來，和我一塊兒吃晚餐吧。」她非常喜歡拇指姑娘，所以她說：「如果妳願意，整個冬天妳都可以和

我待在一起，但是妳得把我的房間收拾得乾乾淨淨的，還要給我講故事，因為我非常喜歡聽故事。」好心的母田鼠對拇指姑娘提出的要求，她全都答應了。她在那裡住得非常愉快。

「過幾天，我們有一個客人要來，」母田鼠說：「我這個鄰居，經常來看我。他的日子過得比我還舒服，他有個大房子，還穿著一件漂亮的黑色天鵝絨外套。要是妳嫁給他的話，那妳以後可就不愁吃穿了。只不過，他的眼睛看不見東西，所以，妳得把妳知道的那些最好的故事說給他聽。」

拇指姑娘並不喜歡這個提議。她對母田鼠的這位鄰居完全不感興趣，因為他是一隻鼴鼠。不久之後，他的確穿著黑色的天鵝絨大衣上門來拜訪了。母田鼠談起他是多麼有錢和聰明，他的房子可比母田鼠自己的要大上將近二十倍。儘管他有錢又有學問，不過，他竟然不太喜歡太陽和花朵，對它們也從沒有過一句好話；因為他根本從來就沒有看見過它們。

拇指姑娘不得不給他唱歌，她唱了〈金龜子，金龜子，飛回家吧〉和〈牧師去遠方〉。鼴鼠愛上了她那甜美的聲音，但他並沒有表現出來，因為他的作風一向是很低調的。

最近，他從自家的房子底下挖了一條長長的地道通到母田鼠

的房子。他告訴母田鼠和拇指姑娘，只要她們高興，隨時可以下到地道來走走。不過他也警告她們，不要被地道裡躺著的一隻死鳥嚇壞了。那是一隻完整的鳥兒，有翅膀，嘴也還在。他一定是最近才死掉的，應該是因為冬天的緣故，現在他正好就落在地洞的中間。

鼴鼠嘴裡咬著一根點燃的木柴，它能夠在黑暗中發出火光來照明。他走在她們前面，領她們穿過漫長而黑暗的地道。當他們來到那隻死鳥躺著的地方時，鼴鼠把寬闊的鼻子頂了一下地道頂端，拱出一個可以讓日光照進來的大洞。那裡躺著的是一隻死去的燕子，他美麗的翅膀緊貼著身體兩側，頭和腳縮在羽毛底下。這隻可憐的鳥兒一定是被凍死的，拇指姑娘為他感到傷心。她愛所有的小鳥，他們總是在夏天裡對她唱著甜蜜的歌曲。但是鼴鼠伸出了他的短腿，把燕子掃到一旁，說道：「現在他再也不能唱什麼吵人的歌了！生下來當小鳥可真是一件倒楣事呢，謝天謝地，我到底不會有小孩是鳥兒。他們什麼都不會，只會唧唧喳喳地亂叫一通。所以冬天一來，就只能等著凍死了。」

「是呀，您說的太對了，真是睿智呀。」母田鼠附和著表示同意：「唧唧又喳喳地，對這些鳥兒又有什麼好處呢？冬天一到，只

有挨餓受凍的份了。不過，我猜鳥兒們倒是認為那是件富有詩意的事。」

拇指姑娘不說一句話。只是，當母田鼠和鼴鼠轉身背對燕子時，她彎下腰去撥開燕子頭上的一簇羽毛，在他閉著的眼睛上，輕輕地吻了一下。

「也許在夏天對我唱得如此甜蜜的就是他了，」她自言自語：「漂亮的小鳥，他曾經帶給我多少快樂呀。」

鼴鼠又把那個洞封起來，接著就送女士們回家了。那天晚上，拇指姑娘翻來覆去睡不著覺。於是她走下床，拿乾草編織了一塊漂亮的大毯子。她把它帶到死燕子那裡，蓋在他的身上。她還把在田鼠房間裡找到的一些薊花軟棉絮，也塞進毯子裡，好讓躺在冰冷地上的燕子能夠睡得更溫暖些。

「永別了，你這美麗的鳥兒，」她說：「永別了，我要謝謝你曾經在夏天時，樹木翠綠、陽光普照時，唱出了無比甜美的歌聲。」

她把頭埋在鳥兒的胸口，這時她感覺到彷彿有什麼東西在噗通、噗通地跳動著。她大吃一驚，這可是鳥兒的心臟還在跳著呢。原來他並沒有死，只是凍得昏了過去，現在溫暖使他恢復了

知覺，所以他又活了過來。

　　所有的燕子在秋天都會往溫暖的國家飛去，但假如當中有燕子被耽擱了，那他一旦遇上寒風，身體就有可能被凍僵，以至於掉落到地面上，像死了一樣躺在那裡。然後，冰冷的白雪就會把他覆蓋住。

　　拇指姑娘害怕得發抖，因為這隻鳥對她來說是那麼高大，她只有一寸高呀。但是，她還是鼓足了勇氣，在這隻可憐的燕子身上蓋上更多的棉絮，又拿來自己睡覺時蓋的薄荷葉，蓋在這隻鳥兒的頭上。

　　到了第二天夜裡，她又偷偷地去看他。他現在已經活過來了，但是身體卻還太虛弱，只能稍稍睜開一會兒眼睛來看看拇指姑娘。拇指姑娘就站在他的身旁，只有一小片火種當燈籠為她照明。

　　「謝謝妳，漂亮的小孩，」生病的燕子說：「我已經奇蹟似地變暖和，很快地就會恢復體力，到時我又能在溫暖的陽光下飛翔了。」

　　「哦，」她說：「現在外面可冷著呢，到處都在下著雪、結著冰。你還是待在溫暖的床上吧，我會照顧你的。」

接著，她從花朵的花瓣裡取了一些水過來。燕子喝了水，然後對她說起，自己先前是怎麼在一個荊棘叢中，把一邊翅膀弄傷的。因此，當他們要飛到遠方溫暖的國家時，他飛得不像其他燕子那麼快，最後就掉落到地面上了。這一切他全都記得，只是並不知道自己是怎麼來到這個她發現他的地方。

燕子整個冬天都待在那裡，拇指姑娘對他非常好，而且細心地照料他。她並沒有對母田鼠和鼴鼠說這件事，因為他們都不喜歡這隻可憐又不幸的燕子。

當春天來臨時，太陽溫暖了整個大地。燕子對拇指姑娘說，是時候說再見了。她重新挖開了鼴鼠在地道頂端拱出來的洞，陽光透進來照耀在他們身上。燕子要拇指姑娘跟他一塊走，她可以坐在他的背上，他將帶著她飛過綠意盎然的森林。但是拇指姑娘知道，如果她就這樣離開，母田鼠一定會傷心的。所以，她說：「不，我不能走。」

「那麼再會吧，再會了，妳這善良又美麗的小姑娘。」燕子說。接著，他便朝著太陽飛走了。拇指姑娘看著他，眼淚湧進了她的眼睛。她是多麼喜歡那隻可憐的燕子呀。

「唧哩！唧哩！」燕子唱著歌，隱沒在森林的另一頭了。

拇指姑娘沮喪極了。母田鼠不允許她走到外面溫暖的陽光裡去。而且，母田鼠家上面的大片麥田，麥子已經長得非常高大了；尤其是對一個只有一寸高的小女孩來說，麥田簡直就像是一片茂密的森林。

「今年夏天，妳需要開始準備妳的嫁衣了。」母田鼠興高采烈地說，因為那個穿著黑天鵝絨外套的鼴鼠鄰居已經向拇指姑娘求婚了。「多麼有福氣呀！等妳成了鼴鼠太太以後，羊毛、棉布這些，妳都應該要有；寢具和衣櫃那些也要樣樣齊全。當一個鼴鼠太太就該什麼都不缺。」

拇指姑娘現在不得不搖起紡車。母田鼠還雇了四隻蜘蛛，日夜為她紡紗和織布。鼴鼠每天晚上都來看她，嘴上最愛叨念就是：「不像話的太陽現在把泥土烤得像岩石那麼堅硬，只要夏天一結束，就不會那麼熱了。」他更關心的其實是，只要等到夏天一過去，他就可以和拇指姑娘結婚了。只不過，拇指姑娘對這件事卻一點也高興不起來，因為她並不喜歡那位無趣的鼴鼠先生。每天日出時分和黃昏日落的時候，她總會偷偷地走出門外。當微風吹開麥穗，她就可以瞥見蔚藍的天空，她會在此時夢想著外面的世界是多麼光明和美好，而她又是多麼希望能再親眼見到她親

愛的燕子呀。但是，他卻沒有再回來過，毫無疑問，他已經飛到遠方，在美麗的綠色森林裡自由自在地飛翔了。

現在秋天終於到來，拇指姑娘的新嫁衣也全都準備好了。

「四個星期以後，妳的婚禮就要舉行了。」母田鼠對她說。但是，拇指姑娘卻哭了起來，說她其實並不想要嫁給那位討人厭的鼴鼠先生。

「這不是胡鬧嗎？」母田鼠說：「妳可不要跟我耍小孩脾氣，否則的話，我的白牙齒可是不會饒過妳的喔。妳是怎麼回事？能找到一個這麼體面的丈夫，還不知足？恐怕連女王也沒有那麼高貴的黑絲絨外套呢！他的廚房和地窖裡堆著滿滿的食物，天上能掉下來這樣的好運，妳還不懂得心懷感激嗎？」

婚禮那天終於到了。鼴鼠早早就前來，準備要把拇指姑娘接回家。以後她就要住在地底深處，再也不能到溫暖的陽光下了，因為他不喜歡太陽。必須跟光輝的太陽道別，讓這個可憐的小女孩感到非常難過，母田鼠至少還允許她從門口向外望出去呢。

「再會了，燦爛的陽光！」她說著，然後將雙手伸向它，從母田鼠的家門口向外走了幾步路。現在麥子已經收割，只剩下麥子梗還留在田裡。「再會，再會了！」她又哭了起來，同時用一

雙小小的手臂摟著一朵還未盛開的小紅花說：「如果你見到我親愛的燕子，請代我向他致意吧。」

「唧哩！唧哩！」這時候，她聽見頭頂上有鳥兒的聲音傳來。她抬起頭看見那隻燕子正好飛過，而燕子看見拇指姑娘也非常開心。她對他訴說了自己有多麼不願意和鼴鼠結婚，還得住進連太陽都從未照射過的地底深處。說完她便忍不住流下了眼淚。

「現在寒冷的冬天就要來了，」燕子對她說：「我要遠遠地飛向溫暖的國度，妳願意跟我一塊走嗎？妳可以騎在我的背上，只要用妳的腰帶緊緊地和我繫在一起；這樣我就可以帶妳遠離醜陋的鼴鼠和他黑暗的地洞，飛過高山，飛到溫暖的國度去。那裡的陽光比這兒更美，也總是開著鮮花。請妳和我一起飛走吧，親愛的小拇指姑娘，當我凍僵躺在那個黑暗的地洞裡時，是妳拯救了我的生命。」

「好的，帶我一起走吧！」拇指姑娘說。她坐在他的背上，把腳擱在他展開的翅膀上，同時也把自己的腰帶牢牢地繫在他最強壯的一撮羽毛上。然後，燕子飛向了天空，翱翔過森林和湖泊，還有那高高地聳立、總是被白雪覆蓋著的大山。當拇指姑娘在寒風中感到寒冷時，她就會把自己藏進鳥兒溫暖的羽毛裡，只

把小頭伸出去俯瞰下方的一切美景。

終於，他們來到了溫暖的國家。在這裡，陽光照得比以往任何時候都明亮得多，天空也更加的寬闊。紫色、綠色的葡萄沿著溝渠和綠籬笆結實纍纍，檸檬和橘子高掛樹林，空氣中也瀰漫著桃金孃和百里香的甜味。在路邊，可愛的小孩們跑來跑去，與翅膀鮮豔的蝴蝶嬉戲。

但是燕子飛得更遠了，景色也愈來愈美。在一個湛藍的湖岸邊，墨綠的樹木綠蔭下，有一座耀眼的白色大理石古老宮殿。巨大的圓柱上攀附著許多葡萄藤，在圓柱子的頂端有許多燕子築巢，其中一個巢就屬於背著拇指姑娘的這隻燕子。

「這裡就是我的家，」燕子對她說：「如果妳願意，可以在下面盛開的許多花朵裡選擇一朵，我就會把妳放在它上面，這樣妳就可以擁有自己想要的生活了。」

「那真是好極了！」她高興地拍著一雙小手大喊。

那裡有一根倒在地上的白色大理石大圓柱，它斷成了三截。在這碎圓柱之間長出了一朵最美麗的大白花。燕子帶著拇指姑娘飛了下來，把她放在一片大花瓣上。這時，她非常驚訝地發現，在花的中央有一個小小的男人。多麼神奇呀！他就像是用水晶製

她將成為所有花朵的女王。

成的那樣閃亮透明，頭上還戴著一頂小小的金冠，肩上則有一對閃亮的翅膀，而且他並不比拇指姑娘高大。他是花的精靈。每一朵花都有一個像他這樣大小的男人或女人，而他是所有精靈的國王。

「噢，他是多麼的俊美呀！」拇指姑娘輕聲對燕子說。國王有點害怕燕子，因為燕子對他來說是一隻非常巨大的鳥兒。但是，當他看見拇指姑娘時，卻感到非常高興，因為她是他見過最漂亮的小女孩了。於是他脫下金冠，戴在她的頭上。他問她，是否可以知道她的名字，並要求她作自己的妻子，而這將使她成為所有花朵的女王。他確實會是與母蟾蜍的兒子和穿著黑天鵝絨外套的鼴鼠都完全不同的丈夫，所以，她對這個迷人的國王說：「我願意。」所有男男女女的花精靈們，都走出來高興地看著他們倆。他們每個人都給拇指姑娘帶來了禮物，而其中最好的禮物是一對銀色的大蒼蠅翅膀。當他們把這對翅膀安到她的身上以後，她就可以像他們一樣在花叢間飛來飛去了。當每個精靈都歡欣鼓舞時，燕子也站在圓柱上，為他們唱出最美妙的歌曲。只是他心底深處有些傷心，因為他非常喜歡拇指姑娘，並不想要和她分開。

「妳不應該再叫拇指姑娘了，」花精靈對她說：「這個名字配不上妳。美麗如妳，就讓我們叫妳瑪婭吧。」

「再會，再會了。」燕子將再次從溫暖的國家離開，飛回到遙遠的丹麥了。在那裡，他有一個小巢就築在一個童話作家的窗口邊。燕子對他唱著：「唧哩！唧哩！」上面的整個故事，就是從他那裡聽來的。

故事賞析

這個故事的開頭很常見——有個女人渴望小孩，於是她向女巫求助。不過這個小孩卻來得意外容易，不需要花費什麼極大的代價（只要十二便士），而且來自一種尋常的物品——大麥。所以，安徒生還要特別聲明，不是田裡種的那種，也不是雞吃的那種。不過接下來，大麥卻令人意外地長出了美麗的大花朵，而拇指姑娘便來自其中。儘管她被百般嬌養和細心呵護，不過她並不以此為家，所以在後來的情節裡，她從未渴望過回家。

在故事裡，她一共遭遇了三次挾持。首先，母蟾蜍綁架了她，要她嫁給醜陋的蟾蜍兒子，所幸，後來在魚兒和蝴蝶的幫忙之下順利脫逃。這次的逃離可以說純粹是因為幸運。第二次，她

遭到金龜子的挾持，金龜子只把她當作一件漂亮的玩物，最後又非常任性地始亂終棄，只因為其他金龜子女士把拇指姑娘批評得一文不值，拇指姑娘雖然因而重獲自由，卻為了遭人嫌棄而感到沮喪和自卑。

　　第三次的挾持最為複雜，因為這是一種情感的挾持。好心腸的母田鼠在拇指姑娘最艱困的時候，以食物接濟了她，又為她提供了棲身之所。嚴格說來，母田鼠就像是拇指姑娘的養母。她給予拇指姑娘的是一種不求回報的付出；所以，當燕子第一次邀請拇指姑娘和自己一同飛走時，拇指姑娘婉拒了他。只是，母田鼠卻將自己的期待寄託在拇指姑娘身上──她相信，能夠嫁給鼴鼠是件值得渴望的事。

　　在母田鼠的眼中，鼴鼠的家裡應有盡有，什麼都不缺；而且他既博學又幽默，至於，要永久住在那不見天日的地洞裡，只是件無關緊要的小事。在這裡，母田鼠和拇指姑娘顯現出了眼界上的差異──對於拇指姑娘來說，光有衣食無缺是不夠的。不難想像，不論在古代的中國或者西方世界，女子的命運多半受到父母和家人的支配，就算必須嫁給自己不喜歡的人，也只能接受，因為沒有燕子可以帶她們逃到別的地方。

拇指姑娘因為善良而拯救了燕子，所以最後得到了擺脫感情挾持的機會，回到自己真正的家園，也就是花精靈族人之間。原來她最佳也是真正的歸宿是嫁給花精靈之王，而且她還得到了一個真正的名字——瑪婭，而不再只是以人類的尺度標準「拇指」為名。順帶一提，在希臘神話裡，瑪婭（Maja）是頂天的巨神阿特拉斯（Atlas）和女神平勒俄涅（Pleione）所生的七位女兒中最年長的一位，也是最美的一位。

O2
國王的新衣

　　很久以前，有一個國王，他非常喜歡漂亮的衣服，所以他把錢全拿去買新衣服。除了關心衣服的事以外，他不太關心軍隊的事，不喜歡去劇院，也不坐馬車到處旅行。一天裡，他簡直每個鐘頭都要換一件外套。別國的人民這樣說自己的統治者：「國王在議會裡。」在這裡，人民總是說：「國王在更衣室裡。」

　　在他居住的大城市裡，生活總是十分繁忙。每天都會有許多外來的陌生人進城。有一天來了兩個騙子，他們對別人說自己是織布工，又說自己可以編織出難以想像又精美絕倫的布料。它們的顏色和花樣不僅漂亮得非比尋常，而且用這塊布剪裁出來的衣服，還有一個奇特的地方：那就是，不稱職或是愚蠢透頂的人無法看見這件衣服。

　　「這正是我需要的衣服呢，」國王心想：「如果我穿上了它

在這裡，人民總是說：「國王在更衣
室裡。」

們，就能看出在我的王國裡有哪個人不適合自己的職位，而且我還可以分辨出誰是聰明人、誰是傻瓜。太妙了，我一定要讓他們立刻幫我織出這種布來。」他付了這兩個騙子一大筆錢，讓他們立刻開始工作。

兩個騙子弄來了兩台織布機，然後假裝在工作的樣子，但是織布機上其實沒有任何東西。他們向國王要到的貴重絲綢和最精純的金絲，全都進了自己的行囊中，卻操作著空的織布機一直到深夜。

「我想知道他們現在究竟織得怎麼樣了。」國王心想。但是，他想到如果是不稱職或是愚蠢的人，便看不見那種布料，心裡難免有點不安。雖然他知道自己根本不必擔心什麼，但他還是寧願先派別人前去視察織布的進度，來得保險一些。整個城鎮都聽說了這種布的神奇力量，每個人都迫不及待想確定自己的鄰居有多麼愚蠢。

「我打算派一位誠實的老部長去織布工那裡看看，」國王決定了，他想：「他將會是最佳的人選，能仔細地向我回報這種布料的樣子，因為這個人一向很能幹，而且又稱職，沒有什麼人比得上他。」

於是，這位誠實的老部長來到了那兩個騙子工作的地方。他們正坐在空的織布機前勤快地工作著。

「老天爺，這是怎麼一回事？」他睜大著眼睛想：「我竟然會什麼也看不見。」不過，他並沒有這樣說出來。

這兩個騙子請他走近一些，上前好好看看這布上面多麼出色的花樣，多麼亮麗的色彩。他們在空的織布機前瞎比劃著，而這位可憐的老部長把眼睛睜得大大的。他什麼也看不見，因為根本沒有什麼可看的。「老天發發慈悲吧，」他想：「難道我是傻子嗎？這我可從來沒有料想過，千萬不能讓人知道呀。還是說，是我無法勝認部長的職務嗎？總之，絕不能讓人知道原來我看不見那種布。」

「請不要猶豫，給我們一些批評指教吧。」其中一位織工騙子說。

「哦，好的好的。這很漂亮，確實是很迷人。」這位老部長透過他的眼鏡凝視著織布機上的空氣，說道：「哦，這是何等的花樣，何等的顏色呀！我一定會如實地向國王報告這料子帶給我多麼大的震撼呀。」

「聽見您這麼說，我們很高興，」騙子說。他們又仔細地描

述了所有的顏色，並解釋那些複雜的作工。這位老部長非常聚精會神地聽，如此才能把這裡的詳細情況向國王匯報。他也確實這麼做了。

騙子們又立刻請求賜予更多的錢，來買進更多的絲綢和金線，好繼續編織的工作。只不過，這些錢全進了他們的口袋。儘管他們還是像之前那樣努力地工作，但織布機上卻仍然沒有織出任何東西。

現在，國王又派了另一位值得信賴的官員前去查看工作的進度，看衣服什麼時候可以織好。發生在老部長身上的事，同樣也發生在這位官員身上。他這裡看了看，那裡看了看，還是沒有在織布機上看見任何東西，確實什麼都看不見。

「難道您能說這不是一件傑作嗎？」騙子們問他，因為他們同樣展示和描述了憑空想像的布料樣式。

「我知道自己並不傻呀，」那官員想：「那麼，一定是因為我畢竟還不夠格勝任自己目前的職位，這可真是怪得可以了。但是，我絕不能讓別人知道這一點。」所以，他稱讚了他沒有看見的布，又宣稱自己非常榮幸能看見那種世間罕見的色彩和花樣。他對國王說：「這布簡直讓我心醉神迷。」

城裡的所有人都在談論這塊奇妙的布料，國王想要自己親自去看看織工們目前的工作情況。有一組人馬被甄選出來擔任視察隨員，其中還包含先前去過的老部長和那位官員。然後，他們便一起出發到那兩個騙子的地方去了。

國王發現兩位織工非常賣力地在工作，但織布機上其實連一根線都沒有。「多麼令人難以置信呀！」那兩位已經被騙的官員說：「看哪，陛下，那顏色！嘖嘖，這真是堪稱巧奪天工呀！」他們指著空的織布機，每個人都以為其他人能夠看到那些布。

「這是怎麼一回事？」國王心想：「我竟然什麼也看不見，這簡直太可怕了！難道我是個傻瓜嗎？是我不適合擔任國王嗎？這可是我所遇過最可怕的情況了！」「哦！很好，確實是非常美，」他說：「深得朕心。」他點了點頭，對著空的織布機表示讚許，打死他也絕對不能說出自己什麼也看不見。

國王的所有隨行人員也都仔細盯著看，只是沒有一個人能比另一個人多看見什麼；不過，他們全都附和著國王的讚美之詞：「哦，太出色了！」而且還建議，他應該將這種神奇的布料立刻縫製成新衣服，然後穿上它去參加將要舉行的遊行慶典。「華麗！精彩！無與倫比！」眾人都滿口讚譽，每個人都盡力表現出

無比感動的樣子。國王賜兩個騙子爵士頭銜，還各給他們一枚可以掛進鈕釦洞裡的十字勳章，晉封他們為「宮廷紡織大爵士」。

就在遊行慶典的前夕，兩個騙子整夜坐在織布機前工作，整整燒掉了六根以上的蠟燭。他們假裝玩命似地趕工縫製國王的新衣，又假裝把織好的布從織布機上取下來，拿起剪刀來剪了剪空氣。最後他們宣布：「現在，國王的新衣裳大功告成囉。」

於是，國王在最高貴的侍從們簇擁之下前來試穿新衣。騙子們各舉起了一隻手臂，就好像手裡正拿著什麼東西似的。他們指出：「這是褲子，這是外套，這是上衣。」又說：「它們全都像蜘蛛網那麼輕，穿在身上會幾乎以為自己什麼也沒有穿，它們之所以這麼貴重，不是沒有道理的。」

「確實如此呀，」所有的侍從都表示贊同，雖然他們什麼都看不到，因為什麼東西都沒有。

「現在請陛下寬衣，」騙子說：「我們會在這面大穿衣鏡前為陛下更衣。」

國王脫光了衣服，騙子們又假裝為他穿上了新衣服，一件接著一件。他們在他腰上擺弄了一會兒，好像是在繫上什麼東西似的——是裙裾。國王的身子在鏡子前轉了又轉，扭腰擺臀。

「看哪！陛下的新衣裳多麼出色呀，
多麼合身呀！」

「看哪！陛下的新衣裳多麼出色呀，多麼合身呀！」他聽到眾人七嘴八舌地讚嘆：「嘖嘖，看看那個花樣，多麼尊貴！那個顏色，太完美了！這是一件只有陛下才配穿的衣服。」

然後，遊行的典禮官前來報告：「陛下的華蓋已經準備好在外面，就等陛下親自駕臨，與民同樂了。」

「很好，我想我已經準備好了，」國王說，又轉過身去再看了鏡子最後一眼。「這看起來非常合身，不是嗎？」他作出非常認真在欣賞自己新衣服的樣子。

跟在國王後面的貴族彎下腰來托著新衣，就好像地上真有裙襬那樣，然後，他們又假裝高高地舉著這裙襬，緩緩向前走。他們不敢承認自己手上什麼都沒有。

於是，國王在他的御用華蓋下走了出來。在街道上和窗口邊的每個人都說：「噢，國王的新衣服是多麼華貴呀！」「多麼完美又合身的新衣呀！」「看看那身長裙裾！」沒有人承認自己什麼都看不見，因為那樣就會顯出自己不稱職，或者自己是傻子。國王以前穿過的服裝沒有一件像這件那樣無懈可擊。

「但是，他什麼都沒有穿呀！」一個小孩說。

「上帝啊，祢聽聽這個天真的聲音！」他的父親說。於是，

有些人小聲地對其他人說這個孩子說的話，「但是，他什麼都沒有穿呀，一個小孩說他什麼也沒有穿呢。」人們紛紛開始竊竊私語起來。

「他根本什麼都沒有穿！」最後，所有人都放聲喊了出來。

國王開始發抖，因為他懷疑他們所說的是對的。但是他想：「這個遊行必須進行下去。」所以，他擺出了更加驕傲的神態繼續行走。跟在他後面的貴族則繼續高高地托著那根本不存在的裙襬，一步步向前。

故事賞析

這個故事講述一個非常愛美的國王，他對漂亮的衣服特別迷戀，已經到了人盡皆知的地步，以至於竟然有膽大妄為的投機份子，敢設計圈套來誆騙國王和他的臣屬。這個圈套高明之處在於它掌握了人性的弱點，讓國王乃至尊貴的官員，基於愛面子的緣故，全都不敢透露自己看不見衣服的真相。

人們對於所謂「最好的東西」，總有各種想像，不過有時候，要立刻辨認出一件東西是好是壞並不容易；很多時候，一般人的俗眼是看不出好東西的，只是愛面子的人並不喜歡被人認為

自己的眼光或品味不高。如果事關不只是個人的面子，而是其他更嚴重的事——例如部長和官員擔心看不見衣服，會影響到他們的職位和聲望；國王擔心看不見衣服，會影響到自己統治的威信——那就更非同小可了。所以，很多時候，人們寧願忍受欺騙，也不願意聲張出去，對自己產生不利的影響。

但其實這個故事有一個漏洞，那就是，世界上「聰明的人比愚笨的人少得多」。且不論國王是否知道這件事，至少他該想到：只要有人是愚笨的，那愚者就會看不見他所穿的新衣；為了避免這一點，他就不該冒險穿上一件某些人可能看不見的衣服。他是個愛美的人，照理不會願意讓任何人看見自己出洋相。除非，能夠穿上這件無與倫比的新衣，實在是讓他著迷到失去了理性。

最終公開揭示這個祕密的，居然是個小孩。安徒生寫到這一點，可見他對人性很了解。小孩的反應最單純，大人卻有著各種盤算，所以不敢輕易地當出頭鳥，直言無諱地去表達自己的想法。安徒生還進一步描述，人們的議論一開始是說「有個小孩這麼說」以做為試探。後來人們的膽子愈來愈大，才敢高聲說出這件好像大家都有同感的事。如果不是「法不治眾」，誰會敢開口議

論國王呢。無論如何，這個故事對人性弱點的描寫絕對是精彩絕倫、別出心裁的。

03
牧羊女與掃煙囪工人

　　你曾經見過這樣一座老木櫃嗎？它老得發黑，而且上面還雕刻著許多奇異的紋飾和捲曲的葉子。好吧，在某戶人家的客廳裡，就有那麼一座木櫃，是從曾祖母傳下來的。這座木櫃從頭到腳雕刻著鬱金香和玫瑰花——花開得出奇繁茂，從這些茂密的花紋裡，露出了幾隻小雄鹿和他們伸出的許多鹿角。

　　就在老木櫃的正中間，雕刻著一個人像，那模樣令人一看就覺得可笑。他齜牙咧嘴，但沒有人會覺得那是在笑。他有一對山羊的後腿，額頭上也長著一對小角，還有一把長長的鬍鬚。所有的孩子們都叫他「少將—陸軍中士—公山羊腿司令官」。這是一個很難唸的名字，也沒有什麼人會得到這種頭銜。但是，他一定是個非常重要的人物，否則為什麼會有人費力去雕刻他呢？

　　然而，他立在那裡，眼睛總是盯著鏡子下方的那張桌子，因

為桌上有一個可愛的小中國牧羊女。小牧羊女穿著金色的鞋子，身上的禮服裝飾著紅玫瑰的圖案。她戴的帽子是純金的，連手上的手杖也是純金的。她真是無比迷人！

靠近她的身旁，站立著一個小小的打掃煙囪的工人，他身上像煤炭那樣黑，但同樣也是用瓷做的。他也像任何人一樣乾淨整潔，因為他只是外型是打掃煙囪的工人。如果瓷器製作者願意的話，他們也可以輕易地把他做成王子的樣子。他有一副輕鬆舉起梯子的瀟灑姿態，臉頰卻俊秀又紅紅地好似女孩子。這個外型似乎是個錯誤，你不覺得嗎？他的臉上應該要被塗上一處或兩處煤灰才對。

他和牧羊女很親密地站在一起：他們就是那樣被擺放在桌子上的。由於這個緣故，他們訂了婚。不過這也是因為他們彼此相配：兩人都是年輕人，兩人都是用同樣的瓷土製成的，也都同樣脆弱。

在他們附近還站著另一個人物，大小是他們的三倍。這是一位能點頭的中國老人。他也是用瓷土做的，他說自己是小牧羊女的爺爺，但卻無法證明這一點。儘管如此，他還是聲稱擁有管束她的權力，所以當「少將─陸軍中士─公山羊腿司令官」向小牧

羊女求婚的時候，中國老人就作主同意了這樁婚事。

「妳要有一個丈夫了！」中國老人對牧羊女說：「這個人我相信是用桃花心木製成的，他可以讓妳當上少將──陸軍中士──公山羊腿司令官夫人。誰知道他的肚子裡除了裝滿銀器，還有什麼東西藏在他的祕密抽屜裡呢？」

「但是我不想住到黑暗的櫃子裡去，」小牧羊女說：「我聽見有人說他已經有十一個瓷姨太太了。」

「那麼你就當第十二個吧。」中國老人說：「今天晚上，一旦木櫃子開始嘎嘎吱吱作響，我就要把妳嫁給他，這事就像我是個中國人那樣肯定。」然後，他就點了點頭睡著了。小牧羊女哭了起來，雙眼望著她真心愛著的人──打掃煙囪的工人。

「求求你，帶我逃到外面遼遠廣闊的世界去吧，」她懇求道：「因為我們不能再待在這裡了。」

「好吧，無論妳要我做什麼，我都願意做，」掃煙囪工人對她說：「我們現在就逃走吧，我相信我可以做掃煙囪的工作來養活妳。」

「要是我們能從這張桌子平安地走下去就好了。」她說：「除非我們到外面的廣闊世界去，否則我永遠不會開心的。」

掃煙囪工人要她別擔心，並且對她示範要怎麼把她的小腳踩在桌邊，又怎麼沿著那塊貼金的葉子，再沿著雕花的桌腿爬下去。他還把梯子搬來幫助她，一會兒之後，他們總算平安地來到地面上。只是當他們瞥了一眼那座老木櫃時，卻聽見櫃子裡傳來了一陣巨大的騷動：所有雕刻的小雄鹿都伸長了脖子，翹起了鹿角，扭過頭來盯著他們。少將—陸軍中士—公山羊腿司令官高高跳起，對著中國老人大喊：「他們要逃走了！他們要逃走了！」

這可把他們嚇壞了，所以他們迅速跳進窗台下的一個抽屜裡。在這裡，他們發現了三、四副不完整的撲克牌，還有一座小小的木偶劇院，這個小劇院在它有限的條件下已經盡可能地造得十分精巧了。此時有一齣戲正在上演，所有的方塊皇后、紅心皇后、紅桃皇后和黑桃皇后們都坐在第一排，拿她們手中的鬱金香當作扇子搧著。在她們的背後，所有的「傑克」站成一排，顯出了他們上下都有一顆頭，就像是一般撲克牌裡的樣子。整齣戲是關於兩個人無法結婚的故事，牧羊女感覺這就像是自己的故事而哭了出來。

「我不忍心再看下去了。」她說：「我必須馬上離開這個抽屜。」但是，當他們回到地板上再度抬頭看向桌子時，他們看見

那個中國老人已經醒了。不僅他的頭向前點著，他的整個身體也同時向前劇烈地晃動，因為他身體的下半部是塊狀的。

「中國老人來了！」小牧羊女哭喊著。她傷心地跪倒在瓷磚的地板上。

「我有一個主意，」掃煙囪工人說：「我們去躲在牆角邊的大乾燥花瓶裡，在那裡我們可以躺在玫瑰花瓣和薰衣草上休息；他如果找到這兒來，我們可以把鹽撒進他的眼睛裡。」

「那不管用的，」她說：「而且我知道，大乾燥花瓶曾經是中國老人的心上人，如果曾經相愛的話，一定還會留下一些感情。不行，我們現在已經沒有什麼可做的，只能跑到外面廣闊的世界去了。」

「妳真的有勇氣和我一起出去外面的廣闊世界嗎？」掃煙囪工人問：「妳可曾想過它到底有多大？而且，我們一旦出去就永遠無法回來了。」

「是的，我想過。」她說。

掃煙囪工人怔怔地看著她堅決的表情，然後說：「我想到的路線是通過煙囪爬出去。你真敢跟我一起爬進爐身、穿過通風管嗎？只有這樣，我們才能到得了煙囪那邊。一旦我們到達那裡，

「妳真的有勇氣和我一起出去外面的
廣闊世界嗎？」掃煙囪工人問。

我就知道該怎麼做了。我們將會爬得非常高，然後他們就再也追不到我們了。在煙囪的最頂端，有一個開口可以通向外面的那個廣闊世界。」

於是，他領著她來到了爐門口。

「裡面整個看起來黑壓壓的呢。」她說。不過，她還是跟著他走進了爐子，鑽進了爐身、穿過了通風管，這裡面簡直就是漆黑的夜晚。

「現在我們來到煙囪口了。」掃煙囪工人說：「看哪，快看看我們頭頂上那顆星星是多麼明亮地照耀著我們！」

那是從煙囪口看上去的一顆高掛在天空中的星星，彷彿是要為他們照亮前方的道路一般。他們費力地爬著，摸索著向上攀登。爬呀，爬呀。這地方陡得可怕，不過有他一路拉著她、從旁扶著她，又引導她的小瓷腳每一步都踩在最安全的地方。最後，他們總算爬到煙囪的頂端，癱坐了下來，因為他們實在太累了，這是理所當然的！

這時天空佈滿了無數繁星。他們下方羅列著城裡千家萬戶的屋頂。他們遠遠地向四邊眺望著這個廣闊的大千世界。可憐的牧羊女從來沒有想像過這樣的景象。她把小小的頭靠在煙囪工人的

胸膛上，眼裡噙著淚水，弄得她的金緞帶也因為淚水而褪色了。

「這對我來說太多了，」她說：「我承受不了，這個世界對我來說太大了。我寧願再回去那面鏡子下的桌子上，除非我能回到那兒，像先前那樣，否則我將永遠快樂不起來。既然我已經忠實地跟隨你來到了外面的世界，如果你還有一點點愛我的心，就請你再把我帶回家吧。」

掃煙囪工人試著說服她再爬回去是不明智的。他還跟她說到那位中國老人，和少將—陸軍中士—公山羊腿司令官；但是她啜泣得非常傷心，還親吻了她的掃煙囪工人，以至於他不得不聽從她的請求，儘管他認為這樣做是件犯傻的事。

所以，他們又費了一番工夫，艱困地從陡峭的煙囪爬了下去；又爬過黑暗的通風管和爐子，這可一點也不好玩。他們站在黑暗的火爐裡，先從爐門後面傾聽房間裡是否有什麼動靜。屋子裡一片寂靜，所以，他們打開了爐門，噢，太遺憾了！那個中國老人正躺在地板上，碎成了三塊。原來是先前他在追趕他們的時候，一個不留神就從桌子上摔下來，跌碎了。他的整個背已經脫落，頭則遠遠地滾到了另一頭的角落。少將—陸軍中士—公山羊腿司令官還站在他一向站立的地方，看起來若有所思的樣子。

「噢，親愛的，」小牧羊女說：「可憐的老祖父整個摔碎了，這全是我們的錯，我真是該死呀。」她悲戚地扭動著嬌嫩的雙手。

「他還是可以修補好的，」掃煙囪工人說：「可以的。先別太沮喪，只要在他的背上塗一些膠水，再在他的脖子上裝一個堅固的鉚釘，他又會像新的一樣好；也能再像以前那樣，講些惹人討厭的話了。」

「可以嗎？這是真的嗎？」她問。然後，他們爬上桌子，回到原來的地方。

「我們又回到這兒了，」掃煙囪工人說：「我們兜了一大圈又回到原來的地方，其實我們原本可以省下許多麻煩的。」

「但願老祖父可以被修補好，」小牧羊女問：「修補他會花很多錢嗎？」

他被完全修好了。這家人把他的背部又黏在一起，還在他的脖子上裝了一根堅固的鉚釘。這讓他和原本一樣好，只不過他再也不能點頭了。

「在我看來，自從你跌了一跤以後，人就變得高傲了起來。雖然我實在不明白你有什麼好裝模作樣的。」少將─陸軍中士

—公山羊腿司令官抱怨道：「到底還讓不讓她嫁給我，表示一下吧？」

掃煙囪的工人和小牧羊女非常殷切地盯著中國老人的反應，因為他們害怕他會點頭。但是他沒有，因為他已經不能點頭了。只是，他並不願意告訴任何人，有一根鉚釘永永遠遠地固定在他的脖子上了。

所以，兩個小瓷人就待在一起了，他們衷心地感謝老祖父脖子上的那根鉚釘。他們長久地彼此相愛，直到碎裂的那一天。

故事賞析

安徒生應該曾經在某處讀過和中國有關的資料，所以才能把封建時代裡觀念保守的中國老人形象，描寫得如此生動。中國老人以愛護和照顧牧羊女為藉口，倚老賣老地管束著她，甚至自作主張將她許配給大人物「少將—陸軍中士—公山羊腿司令官」（這麼一長串的頭銜，自然有諷刺的意味）。

我們不難想像，在過去風氣保守的社會裡，男女之間的交往和婚姻並不自由，如果年輕人為了反抗家裡長輩的決定，而選擇和自己的心上人私奔的話，首先要面臨的就是社會觀感的問題和

心理的壓力。安徒生以虛擬的陶瓷人物來呈現此事，是個高明的做法，至少人們不會立刻預設這對青年男女是一對隨便的戀人。甚至，讀者也可能在讀了故事以後，對「私奔」這件事產生新的理解和同情。

掃煙囪工人為了和牧羊女在一起而帶著她逃跑。過程中，牧羊女就像是個任性的小孩，只考慮到自己當下想要什麼；而掃煙囪工人則不斷根據牧羊女的要求，提出各種執行方法。這一點倒是反映了多數男女之間思維方式的差異，也顯示了安徒生對於人性深刻的洞察和幽默感。

當他們來到了煙囪的頂端，在天空的萬點繁星之下俯瞰著城裡千家萬戶的屋頂，牧羊女卻做出令掃煙囪工人和讀者們十分詫異的反應——她激動地哭了，但卻不是因為獲得了自由，而是因為承受不了太多太多的自由。

這個有趣的結尾，讓我聯想到柏拉圖著名的「洞穴之喻」。柏拉圖在他的《理想國》（*The Republic*）中，設想在某個地穴裡有一批囚徒；他們自小被鎖鏈束縛，只能看見洞壁上的影子，因而很自然地認為那些影子是唯一真實的事物。他們之中的一個人獲釋後，轉過頭來才發現了影子的源頭——火光與物體。而如果有

人進一步拉他走出洞穴，來到陽光下的世界，他會更加眩目，甚至發怒。起初，他只能看清事物的影子，然後才看得到陽光照射下的事物，最後甚至能看太陽自身。到那時他才真正處於解放狀態，並開始憐憫起自己的囚徒同伴和原來的信仰和生活。

西方歷來對「洞穴之喻」有諸多哲學討論，尤其是在教育哲學和政治哲學領域，影響最大的命題恐怕非「真知引發啟蒙」和「真知帶來解放」莫屬了。但是這則童話卻設想了另一種可能性——當人們見識到實存的真相時，寧願回頭去過自己的小日子。也就是說，柏拉圖所設想的哲學命題，或許必然為理性思考者所接受，但回歸人們可自由選擇的現實生活，多少還是會因人性的脆弱而大打折扣。

04
養豬的人

　　從前從前有一個貧窮的王子，他有一個王國。王國雖然小小的，但是還負擔得起張羅婚禮的費用。他現在只想結個婚把心給定下來。

　　他的膽子也真夠大的，這個時候居然敢去向皇帝的女兒求婚：「妳願意嫁給我嗎？」他真的這麼做了，但是他之所以有這個勇氣，是因為他的名聲響亮，遠近皆知。說到底，面對他的求婚，會有數百位公主樂意地回答：「好的！」並且說：「感謝您！」但皇帝的女兒會怎麼說呢？我們馬上就會知道了。

　　這位王子的父親的墳墓上長著一棵玫瑰花樹。它是一棵美麗的樹，每五年才會長出一次花苞，而且每次只開出一朵花。噢，那是一朵多麼令人驚艷的玫瑰花呀！它所發出的芬芳香氣，無論是什麼人，只要聞一下都會忘記世上所有的煩惱和憂愁。另外，

這位王子的父親的墳墓上長著一棵玫
瑰花樹。

王子還有一隻夜鶯。當這隻鳥兒唱起歌來，彷彿世界上所有甜美的曲調都在他的小喉嚨裡了。王子想，這隻夜鶯和玫瑰花應該要送給公主。因此，這兩件東西就被放進兩個大銀盒子裡，送去給她了。

皇帝下令叫人把這兩件禮物搬進大殿裡，好讓他親自看看。這時，公主正在大殿裡和她的侍女們玩著「訪客來了」的遊戲，她們很少有什麼別的事情可做。公主一看見裝著禮物的大銀盒子，便興高采烈地拍起手來。

「我希望裡頭是一隻小貓咪！」她說。當她打開了第一個銀盒子時，發現裡面有一朵燦爛的玫瑰花。

「哦，這花多麼漂亮呀！」所有的侍女驚呼。

「這確實很漂亮，」皇帝說：「簡直太迷人了。」

公主用手指摸了一下那朵花，卻幾乎要哭了出來。

「無趣透頂！爸爸，」她說：「這根本不是人造的，而是一朵天然的玫瑰花。」

「無趣透頂！」她所有的侍女都說：「這只是一朵天然的玫瑰花。」

「好吧，」皇帝說：「咱們先別急著發火，先看看另一個盒

子再說吧。」他把它打開了，那隻夜鶯從銀盒子裡跳了出來。鳥兒唱歌唱得如此動聽，所以一時之間，沒有人想得出任何話語來批評他。

「Superbe!（好極了）、Charmant!（真迷人）」侍女們齊聲說著法語，因為她們都喜歡講法語，只是一個說得比一個糟。

「這隻鳥兒讓我想起了已故皇后的音樂盒。」一位老侍臣這麼說：「他的調子和唱法，都跟那個音樂盒一模一樣。」

皇帝像個小孩那樣哭了起來。「唉呀，沒錯。」他說。

「鳥？」公主說：「你的意思是說這是一隻真正的鳥嗎？」

「千真萬確的活鳥。」送禮物來的使者向她保證。

「那麼就讓這隻鳥兒飛走吧。」公主說。她不想聽到任何跟王子有關的話，更別說接見他了。

但是，要讓王子就此打退堂鼓並不容易。他竟然把自己的臉塗成了黑褐色，穿上了普通人的衣服，把帽簷壓得低低地蓋住了腦門。然後又前去敲了敲皇宮的大門。

「您好，陛下，」他說：「您能給我一份皇宮裡的差事嗎？」

「上門來找差事做的人太多了，」皇帝說：「我現在沒有空

缺的職務，但我會記住你的。不過，等等，我想起來了！我的確需要有個人來為我養豬，因為我有許多豬。」

所以，王子就被任命為「皇家養豬人」了。他們給了他一間搭在養豬場旁邊的小屋，他便在那裡住下來。他從早工作到晚，忙得不亦樂乎。到了晚上，他做好一只漂亮的小鍋子，鍋子上掛滿了鈴鐺。當鍋子裡的水煮沸了時，鈴鐺就會叮噹作響，奏出這支悅耳的老曲子：

「哦，親愛的奧古斯丁，

一切都完了，完了，全完了。」

不過，更奇妙的是，如果有人把手指放在這支鍋子的蒸氣裡，他立刻就可以聞得到城裡任何一個灶台上的食物的味道。沒有玫瑰花能夠做到這些事！

此時，公主和她的侍女們正好經過這裡。當她聽見這首曲子時，停下了腳步，很高興地聽著，因為她也知道怎麼演奏〈哦，親愛的奧古斯丁〉。說實話，這是她會彈的唯一一首曲子，而且她是用一根手指彈的。

「這就是我會彈的那首曲子，我說呀，這個養豬的傢伙或許是有點教養的？」她命令道：「去，問問他那個樂器的價錢。」

所以，一個侍女只好往一群小豬裡走去，可是她先穿上了她的木頭套鞋。

　　「你這個小鍋子要多少錢？」侍女問。

　　「我要公主給我十個吻。」養豬人說。

　　「我的老天！開什麼玩笑！」侍女說。

　　「沒錯，少一個吻也不行。」養豬人說。

　　「呃，他怎麼說？」公主想知道。

　　「我不能告訴您，」侍女說：「這太可怕了。」

　　「那麼，妳低聲地告訴我吧。」她聆聽了侍女的耳語。「哦，這豈不是太下流了！」公主說著氣呼呼地走開了。但是，她還沒走遠，美妙的鈴聲又響了起來：

　　「哦，親愛的奧古斯丁，

　　一切都完了，完了，全完了。」

　　「我說，」公主吩咐道：「去問問他願不願意讓我的侍女給他十個吻。」

　　「不行，我謝謝妳，」養豬人說：「要公主給我十個吻，否則我的鍋子是不賣的。」

　　「這可真是讓人難為情！」公主說：「不過，妳們至少得站

在我的周圍，這樣就沒有人能看見了。」

於是她的侍女們圍在她身邊，把裙子寬大地展開，然後養豬人收取了她的十個吻。現在，那只小鍋子是她的了。

這下她們可高興了。從來沒有一口鍋子如此忙碌過，她們不分晝夜不停地拿它煮著東西。從廷臣的晚宴到鞋匠的早餐，她們現在清楚地知道城裡每一個廚房裡煮的東西了。侍女們都拍著手跳起舞來。

「我們現在知道誰家在喝甜湯和吃煎餅，誰家在吃稀飯和肉排了。這多麼有趣呀！」

「這的確非常有意思。」侍女總管說道。

「畢竟，我可是皇帝的女兒，」公主提醒她們：「妳們誰也不准把我怎麼得到鍋子的事說出去！」

「老天保佑，當然不會！」她們都說。

那個養豬人——也就是王子，沒有人知道他並不是一個真正的養豬人——整天還是忙得不亦樂乎。這次他做了一個波浪鼓。只要搖動它，它就能奏出人們一向耳熟能詳的〈華爾滋舞曲〉、〈快步舞曲〉和〈波蘭舞曲〉等等。

「這可真是superbe!（好極了）」公主從旁邊經過的時候說：

「我從來沒有聽過比這更美的音樂了！我說，去問問他那個樂器的價錢。不過，我可不能再給他什麼吻了！」

「他想要公主的一百個吻。」到裡面去詢問過後的侍女說。

「我想他是瘋了。」公主說。她跺了一下腳，然後走開了。不過再走了幾步，她又說：「畢竟我是皇帝的女兒，我是有責任鼓勵藝術的。妳去告訴他，他可以像昨天那樣從我這裡得到十個吻，但是剩下的，他必須從我的侍女們那裡收取。」

「哦，但我們可不願意那樣做哪。」侍女們說。

「這是什麼瘋話！」小公主說：「既然我都可以讓他親吻，妳們當然也可以。要記住，我可是給妳們飯吃和給妳們錢花的人哪！」

所以，侍女只好回到養豬場。

「我要公主親自給我一百個吻。」養豬人對她說：「否則雙方就沒有必要再談了。」

「快站在我的周圍吧。」公主說。她讓所有侍女都圍在她的四周，就在養豬人開始收取那一百個吻的時候。

「養豬場那邊為什麼聚集了那麼一大堆人呢？」皇帝問，當他從陽台向下看時，感到十分疑惑。他揉了揉眼睛，戴上眼鏡，

說：「老天保佑，但願那些侍女沒有在做什麼淘氣的事，我還是親自去看看她們在搞什麼鬼吧。」

他立刻把便鞋的鞋後跟給拉上，因為他總是趿著鞋。於是，他非常快速地趕到了那裡。他在靠近養豬場時，刻意放輕了腳步。侍女們正在忙著計算吻的次數，盯著確保是否一切都是公平的，不多也不少，所以沒有注意到已經來到他們背後的皇帝。他悄悄地踮起了腳尖。

「這是何等荒唐呀！」皇帝說。一看見他們正在接吻，他立刻拿起自己的拖鞋敲了他們的頭好幾下，而這時養豬人還正在收取他的第八十六個吻呢。

「滾蛋吧你們！」皇帝大發雷霆地喊著。於是公主和養豬人都被趕出了皇宮。公主站在皇宮大門外哭泣，養豬人怒罵她，天上也下起了大雨。

「唉，多麼可悲呀，」公主說：「要是我答應嫁給那位著名的王子就好了！哦，我真是個不幸的人呀。」

這時養豬人走到一棵大樹後面，擦去臉上的黑褐色顏料，脫掉襤褸的衣衫，換上王子高貴的服裝，讓公主也不由得向他行禮。

「我對妳只剩下鄙視了，」他對她說：「一個王子正經地求婚，妳拒絕了，玫瑰和夜鶯妳也不欣賞。就為了一個逗妳開心的小玩意兒，妳竟然願意和一個養豬的人接吻，妳現在受到懲罰也只是活該。」

於是，王子回到他的王國，關上門，還插上了門閂。公主卻只能待在皇宮外頭唱著：

「哦，親愛的奧古斯丁，

一切都完了，完了，全完了。」

故事賞析

這個故事簡直像是一個失戀男子挾怨報復的幻想故事。這位小國的王子是個自信心過剩，又「中二病」爆棚的人，他似乎目空一切，對自己的身分和才智極度自豪。但他向身分地位比他更高貴的公主求婚時，卻遭到了拒絕。這樣的結果本不足為奇，可是他卻無法接受。他不能忍受，那棵特別的玫瑰花和能唱美妙曲調的夜鶯，對他來說是多麼珍貴，公主卻絲毫看不上眼。只不過，公主不喜歡他送的那些東西而更喜歡另一類東西，有什麼好奇怪的呢？有些精緻的人工製品，也確實值得喜愛呀。

王子無法接受公主的眼光如此「低劣」，他原本可能預期，高貴的公主就該擁有無與倫比的高尚品味。但這畢竟是一種一廂情願的想法。就因為嚥不下這口氣，王子還大費周章地到皇宮去打工，委身當個養豬人，又千方百計製造出神奇的道具來吸引公主。他像個軍事家一般執行自己計策，輕易地把公主玩弄於股掌之間。又像是一個精明的商人那樣，對付著一個已經被糖果或新鮮玩意兒迷住的小孩。

　　他的報復計畫帶有幾分自虐性質。先作賤到連自己都鄙視的地步——當個養豬人，再用這個身分去釣取公主的吻，之後再洋洋得意地證明公主的格調竟是如此不堪：連一個養豬人也能看得上。不過，其實王子發明的那些東西確實非常神奇，它們的發明者又豈會是一介尋常之人。如果王子一開始就拿出那些東西來投其所好，向公主的求婚很可能會順利得多，也就不會衍生出後面那堆麻煩的事了。

　　從安徒生的生平來看，他也曾經有過幾次失敗的求婚經歷，以至於終身未娶。或許每一次失敗都令他有一種「我本將心托明月，奈何明月照溝渠」的感慨。根據可信的心理學研究，把拒絕或拋棄自己的對象想得很糟，其實有助於減少失戀者的痛苦，使

之更快走出情傷。只是，即使他終於滿足了那種貶低公主的心理
——「哼，原來貴為公主也不過如此。」整件事未免還是有點悲
涼，這麼認真地折騰成這樣，到底是何苦呢？

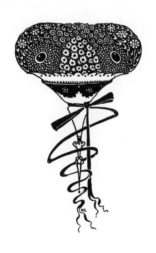

05
夜鶯

　　人人都知道，中國皇帝是個中國人，他周圍的那些人也是中國人。這個故事發生在許多年以前的中國，為了這個緣故，在它完全遭人遺忘之前，應該來說一說。

　　這位皇帝的宮殿是個世界奇蹟。它完全是由精美的磁磚打造成，非常昂貴，也非常脆弱，所以人們在觸摸時必須非常非常小心。在御花園裡，盛開著最珍奇的花朵；最美的花朵上掛著叮叮噹噹的小銀鈴，讓經過的人不由得注意到它們。沒錯，御花園裡所有的事情，都是按照皇帝的計畫來安排的。它的範圍如此大，大到連花匠都搞不清楚了。如果你一直往前走，就會來到一座樹木參天、湖水很深的森林。這座森林不斷向外延伸，直到深藍色的大海那裡，巨大的船隻甚至可以在林木之下航行。在這些林木之中住著一隻夜鶯。他的歌聲是如此美妙，即使是那個有許多

事要忙的窮漁夫，在淒冷的夜裡出海撒網時，若聽見了夜鶯的聲音，也會停下腳步來聆聽一番。

「多麼美的聲音呀！」他說。只是他還有工作要忙，於是他把那隻鳥的歌聲拋到了腦後。但是到了第二天晚上，當他再次聽見夜鶯歌唱時，卻還是會駐足讚歎：「多麼美呀。」

有世界各國的旅行者來到皇帝的城市。他們推崇這座城市，並且欽佩宮殿和御花園裡的一切事物。只是，在聽過了夜鶯的歌聲之後，他們總會不禁說：「這是其中最美的東西。」

這些旅行者回到家鄉後，把這件事說了出去；學者們也寫了許多描述這座城市、宮殿和御花園的書報文章。他們當然沒有忘記提到夜鶯，把他譽為最偉大的奇蹟。詩人們也寫下許多美麗的詩篇，歌頌這隻住在海邊森林裡的夜鶯。

這些書刊流傳到全世界。其中有幾本甚至還被送到了中國皇帝的手中。他坐在金色的椅子上，讀了又讀這些書，非常滿意那裡頭對城市、宮殿和御花園的精彩描述，不住地點著頭。不過，當中最美的東西竟然是夜鶯，這件事就這麼白紙黑字地寫著。

「嗯？這是怎麼回事？」皇帝納悶：「我竟然不知道夜鶯的事。在我的帝國裡，在我的花園裡，有一隻這樣的鳥而我自己卻

不知道？我居然還是從書本上才讀到關於他的事。」

　　為了這件事，他立刻傳召了宮廷總管。他的地位是如此崇高，以至於任何一個比他低級的官員都不敢對他說什麼或問什麼。即使有人問了他什麼事，他也只會回答：「呸」，而這個字什麼意義也沒有。

　　「他們說有一種最奇妙的鳥，叫作夜鶯，」皇帝說：「他們說這是朕的帝國裡最大的奇蹟，為什麼沒有人向朕報告過這事呢？」

　　「我從來沒有聽過這個名字，」宮廷總管說：「他並沒有被進貢到宮裡來。」

　　「朕下令，今天晚上他必須出現在朕面前，然後唱歌，」皇帝說：「整個世界居然都比朕更清楚朕的財產！」

　　「我從來沒有聽說過夜鶯，」宮廷總管說。「不過，我會去找他，我會找到他的。」

　　但是，他會在哪裡呢？宮廷總管在宮裡的樓上和樓下跑來跑去，又跑遍了所有的房間和走廊，但是他所遇見的人都說沒有見到過夜鶯。所以，宮廷總管只好跑回皇帝面前，說這一定是寫書的人胡亂捏造的事。

「請陛下不要相信書上寫的那件事。您簡直很難相信有多少東西是虛構的，也就是所謂的『胡說八道』。」

「但是朕讀的這本書，是日本天皇送給朕的。」皇帝說：「所以，它絕不可能是一堆謊言。朕一定得聽聽這隻夜鶯的歌聲，朕堅持要他今晚來到這裡。他會享有高貴的恩寵。如果他來不了的話，整個宮廷裡的人，在今天晚飯以後，都得在肚皮上挨板子。」

「遵旨！」宮廷總管又在宮裡的樓上和樓下跑來跑去；又跑遍了所有的房間和走廊。宮裡有一半的人和他一起跑，因為沒有人想在晚飯後在肚皮上挨揍。

於是，他們開始到處調查這隻無與倫比的夜鶯的下落。全世界都知道他的事，皇宮裡的人卻反而不知道。最後，他們找上一個在廚房工作的可憐小廚娘，她說：

「夜鶯？噢，我很熟。沒錯，他的確很會唱歌。我得到允許，每天晚上可以把剩菜剩飯帶回家給我生病的媽媽吃。她就住在下面的海岸邊。當我走在回來的路上，走得疲倦了，就會坐在樹林裡休息一會兒，這時我就會聽見夜鶯唱歌。每當聽見他的歌聲，我的眼睛都會充滿淚水，好像我的媽媽在親吻著我。」

「小姑娘，」宮廷總管說：「我會在廚房裡給妳安排一個好差事，我甚至能讓妳伺候皇上吃飯，只要妳把我們帶到夜鶯那裡去，好召喚他今晚到皇上面前表演。」

於是，他們便一起前往夜鶯經常唱歌的那座森林。宮裡一半的人都去了。在他們走向森林的半路上，一頭牛哞哞叫著。

「哦，」一位年輕的官員叫著：「這一定是他了。對於一個小傢伙來說，能發出這麼宏亮的聲音，可真不容易哪。不過，我想我以前曾經聽過這個歌聲。」

「不對啦，這是牛在叫，」小廚娘說：「我們還要走上一大段路呢。」

接著，沼澤裡的青蛙開始呱呱叫著。

「了不起呀！」那位年輕的官員又叫著：「現在我可聽見他了，就像教堂響起的鐘聲。」

「也不對啦，那是青蛙。」小廚娘又說：「不過，我想我們很快就能聽到他的聲音了。」

然後，夜鶯開始唱起歌了。

「就是這個聲音！」小廚娘說：「聽呀，聽呀，他就在那兒。」她指了指枝頭上的一隻灰色小鳥。

「這是真的嗎?」宮廷總管說:「呃,我從來沒有想到過,他看起來竟會是那麼一副不起眼的樣子。不過,也有可能是因為他忽然看見來了那麼多大人物,所以嚇得失去了光彩吧。」

「小夜鶯!」廚房小女孩提高嗓子對夜鶯喊著:「我們仁慈的皇帝希望請您去他面前歌唱呢。」

「榮幸至極。」夜鶯回答。接著他立刻唱了一首歌。

「多麼像玻璃鈴鐺的聲音呀。」宮廷總管說:「你們看看他的小嗓子動得多麼靈巧、多麼稀奇呀,我們先前居然從來沒有聽過他唱歌。我相信他到宮裡唱歌,一定能討得皇上的歡心。」

「還要我在皇帝面前再唱一次歌嗎?」夜鶯問。因為他原來以為皇帝也在這裡。

「我的寶貝好夜鶯!」宮廷總管說:「我非常榮幸地傳召你出席宮廷今晚的活動,到時候,你將要用你那迷人的歌聲取悅皇帝陛下。」

「我的歌聲在樹林裡聽起來最好聽。」夜鶯說。不過,當他知道這是皇帝的邀請時,還是欣然接受了邀請。

為了今晚的活動,皇帝派人把皇宮裝飾得美輪美奐。瓷磚砌成的宮牆和鋪設的地板在許多盞金燈的照耀下,顯得輝煌無比。

那些掛滿了鈴鐺的鮮花已經被擺到了大殿裡，人們來來去去捲起陣陣微風，吹得所有的銀鈴叮叮噹噹作響，讓人幾乎聽不清說話的聲音。

皇帝的寶座就立在皇宮大殿的中央，那裡有一個特別為夜鶯製作的金支架。全宮廷的人都來了。他們也允許那個小廚娘站在門後，現在她被任命為「御用廚娘」了。每個人都穿上最精美的華服，也都盯著那隻皇帝頻頻稱許的灰色小鳥。

夜鶯唱得如此美妙，以至於皇帝的眼眶充滿了淚水，淚水順著臉頰滑落。接著夜鶯唱得更加甜美了，就連皇帝的心也完全融化了。皇帝非常感動，他想要把自己的金拖鞋賜給夜鶯，讓他掛在脖子上，但是夜鶯婉謝了。因為他已經得到足夠多的回報了。

「我看見了皇上眼中的淚水，」他說：「沒有什麼能比皇上的眼淚更加珍貴了。它有一種特別的力量。這就是我得到的獎賞。」他又更加甜美地唱了一遍。

「這可真是我聽過最迷人的賣弄呢。」在場的宮女們說。她們把水倒進嘴裡，所以，有人和她們說話的時候，她們就能發出咕嚕嚕的聲音，想與夜鶯的聲音相媲美。就連小廝和丫鬟們也表示自己對夜鶯的聲音非常滿意，這可不是一件簡單的小事，因為

他們算得上是最難取悅的一群人了。毫無疑問，夜鶯的演唱取得了空前的成功。他將被留在宮裡，並且能擁有自己的籠子。他有權每天白天出去散步兩次，每晚出去一次。會有十二個隨從跟著他，每個人手上都牽著一根緊緊綁在鳥腿上的絲帶。不過，這樣子散步實在是沒什麼意思。

整座都城都在談論這隻奇妙的鳥兒。每當有兩個人相遇，其中一位很少不在另一位說「鶯」以前，說出「夜」這個字。然後，他們就會一起嘆息，不需要再吐出任何言語。還有十一個豬肉屠夫的孩子被取名為「夜鶯」，只是他們之中沒有誰能唱歌。

有一天，皇帝收到了一個標有「夜鶯」二字的大包裹。

「這一定是另一本關於我那寶貝小鳥兒的書。」皇帝說。但是，它卻不是一本書。包裹裡是一件唯妙唯肖地模仿真夜鶯的藝術品，上面還鑲嵌著鑽石、紅寶石和藍寶石。只要將這隻人造的鳥兒上好發條，它就能唱出一首真夜鶯唱過的歌；同時還會搖著它那條鑲著金和銀的尾巴，閃閃發亮。它的脖子上掛著一條緞帶，上頭寫著：「日本天皇的夜鶯與中國皇帝的夜鶯相比是微不足道的。」

「這看起來多麼好呀！」大家都說，送來這份禮物的人立即

被晉升為「皇家首席夜鶯特使」。

「現在讓他們一起唱歌吧，這將會是多麼精彩的二重唱呀！」大臣們說。

所以他們必須一起唱首歌，不過結果並不理想，因為真夜鶯可以愛唱什麼就唱什麼，但人造夜鶯卻只能唱設定好的曲子。

「這並不是人造夜鶯的錯，」某位樂師說：「它唱得精準合拍，我就是這麼教這首曲子的。」

所以，他們就讓人造夜鶯單獨唱了。它獲得了與真夜鶯幾乎不相上下的成功，而且它看起來更漂亮，閃閃發亮，就像黃金手鐲和寶石胸針。它可以把相同的曲子唱上三十三遍，一點都不疲倦。大臣們很樂意一直聽下去，但是皇帝卻說，現在該輪到真夜鶯唱唱歌了。他現在在哪裡呢？沒有人注意到他已經從開著的窗戶飛出去了，回到他在綠色森林裡的家。

「這是怎麼一回事呢？」皇帝說。

所有的大臣紛紛咒罵起夜鶯，他們罵他是一個忘恩負義的壞蛋。「還好，我們總算還有一隻最好的鳥兒。」他們說，又讓那隻人造夜鶯再次唱歌。這已經是他們第三十四遍聽那首相同的歌曲了，雖然如此，他們還是沒把旋律記住，因為那是首複雜的曲

子。樂師把那隻人造鳥兒給捧上了天。他說，這隻鳥的的確確比真夜鶯要好得多了，無論就它的衣飾來說，就這許多耀眼的鑽石來說，還是就它內部的機械設計來說，都是如此。

「各位女士、先生們，特別是皇上陛下，請注意，人們永遠不會知道真夜鶯會唱出什麼歌來，但是在這隻人造夜鶯的身體內部，一切都是設定安排好的，沒有什麼是偶然的。我可以解說它的設計，並展示那裡頭的機械齒輪如何運作，音樂如何轉動，還有如何持續。」宮廷樂師說。

「這正是我們要的。」眾人都這樣說。於是樂師獲准讓這隻鳥在下週日舉行公開的音樂會。皇帝說，他的子民也應該要聽聽它的聲音。人們欣賞了它的歌聲，感受到相當於品嘗了好茶那般的愉快心情。人人都說：「哦！」還豎起拇指，不住地點頭。只不過，那些聽過真夜鶯唱歌的窮漁民卻說：「是還挺不錯的，非常逼真，但是總覺得缺了點什麼。我也說不上來是哪裡不對勁。」

真夜鶯已經被從帝國的領土上放逐了，人造夜鶯則坐在皇帝床邊的墊子上。它得到的所有黃金和珠寶，都被堆在它的周圍。現在它的正式頭銜是「皇帝御用小歌手」。就等級上來說，它已

經被提升到「左邊第一」的位置了。皇帝較看重左邊，因為心臟在人體的左邊。即使是皇帝，他的心臟也在和常人一樣的位置。

宮廷樂師寫了一部關於這隻人造鳥的二十五冊巨著。這是一部旁徵博引、不厭其詳、寫滿了困難中國字的書。不過，每個人都說自己能夠完全讀得懂，以免被人認為愚蠢而在肚皮上挨揍。

整整一年過去了，皇帝和他的朝臣，還有所有中國子民都熟悉了這隻人造夜鶯所唱的曲調。他們學會了那首歌，也就更加喜歡這隻鳥兒了。他們現在能跟著它一起唱，也經常這麼做。街頭的小孩們唱著：「吱哩，吱哩，咕嚕，咕嚕。」皇帝自己也跟著唱起來。它是多麼受歡迎呀。

但是有一天晚上，當這隻人造夜鶯唱得正精彩，而皇帝也躺在床上聽得正高興的時候，鳥兒的身體裡面忽然發出了一陣「嘶嘶」的聲音，然後，似乎有個什麼零件斷了，啪地一聲，所有齒輪一陣亂轉，音樂隨即停了下來。

皇帝立刻跳下床，並召來自己的醫生，但這有什麼用呢？後來，他又找來一位鐘錶匠，經過好大一番研究和檢查，他總算是把這隻鳥兒給勉強修好了。但是鐘錶匠說，這隻鳥兒必須加倍仔細地保養，因為它裡面的齒輪已經嚴重磨損了。如果更換新的齒

人造夜鶯坐在皇帝床邊的墊子上。

輪，就會破壞它發出的音樂。這可真是太糟糕了！所以他們每年只能讓這隻鳥兒唱一首歌，而其實連這樣也是太多了。但是那位樂師又發表了一個非常艱澀深奧的演講，說明這隻鳥其實和以前一樣好，讓人不得不信服。

五年的時間過去了，一件真正悲痛的事降臨在全國——中國人愛他們的皇帝，現在他卻病倒了，而且，據說已經病入膏肓；新的皇帝也已經被選出來了。老百姓都站立在皇家的御道上，向宮廷總管打聽他們老皇帝的病情到底如何了。

「呸。」他說。然後，搖了搖頭。

皇帝躺在他那張金碧輝煌的龍床上，氣若游絲。所有的大臣們都以為他已經死了，全跑去向新皇帝致敬。小廝們都跑去交換小道消息，而女僕們則舉行了咖啡宴會，因為這是一個特殊的情況。所有的房間和走道都鋪設了厚地毯，聽不見任何腳步的聲響，宮殿和周圍一片死寂。可是，皇帝還沒有死；他還躺在那個掛著天鵝絨帷幔和金絲流蘇的華麗大床上，臉色蒼白，身體僵硬。在高高的牆上是一扇敞開的窗戶，月光灑了下來，照在皇帝本人和他的人造夜鶯身上。

可憐的皇帝呼吸困難，好像有什麼東西坐在他的胸口上。他

睜開了眼睛，看見原來是死神。死神戴著皇帝的皇冠，拿著皇帝的金劍，又握著皇帝的令旗。然後，在天鵝絨帷幔的褶皺中，出現了一張張奇特又熟悉的面孔。有些猙獰可怕，有些則是溫柔善良，它們各自代表了皇帝過去所做的好事和壞事，現在死神既然已經坐在他的胸口上，於是它們再度回到了他的身邊。

「您可還記得？」它們一個接著一個地低聲說：「您可還記得？」它們又對他說了許多事，令他的額頭冒出了許多冷汗。

「不，朕不記得了！」皇帝喊：「音樂，音樂！快敲響那面中國大鼓！免得朕聽到它們說的話！」但是，它們繼續竊竊私語；而死神就像中國人那樣對它們所說的每個字都點著頭。

「音樂，音樂！」皇帝大喊著：「唱呀，朕珍貴的金色小鳥，唱呀！朕給了你黃金和珍貴的禮物，朕把金色的拖鞋掛在了你的脖子上。唱呀，朕求求你了，唱吧！」

但是鳥兒卻一聲不響地站著。因為沒有人給它上發條，所以它什麼聲音也發不出來。死神仍然一直用它那雙巨大而空洞的眼睛盯著這位皇帝，四周則是一片死寂。

突然間，窗子那裡傳來一陣甜美的歌聲。原來是那隻小小的、活生生的夜鶯就站在窗外的一根樹枝上。他聽說了皇帝的重

「音樂，音樂！」皇帝大喊著：「唱
呀，朕珍貴的金色小鳥，唱呀！」

病，因此特別過來對他唱些帶來安慰和希望的歌。當他唱起歌來，那些幽靈的面孔就漸漸變淡，愈來愈淡。同時，在皇帝孱弱的身體裡，血流卻流動得愈來愈快速。甚至連死神自己也開始聽起歌來，而且還說：「唱吧，小夜鶯，繼續唱吧！」

「不過，」小夜鶯說：「您願意把那把貴重的金劍給我嗎？您願意把那面華麗的旗子給我嗎？您願意把那頂尊貴的皇冠給我嗎？」

死神把這些寶貴的東西全都交了出來，以交換夜鶯的一首歌。於是夜鶯不停地唱下去。他的歌裡提到了安靜的教堂墓地——那裡開滿了白玫瑰，接骨木樹在微風中散發著芬芳，鮮嫩的小草永遠保持新綠，因那些未亡人的眼淚而濕潤。死神這時思念起了自己的花園，於是，他化成一股寒冷的白霧，從窗口飄散了出去。

「感謝你，感謝你！」皇帝說：「神聖高貴的小鳥！我們是老朋友了，而朕卻把你從朕的土地上驅逐出去。儘管如此，你卻還是用歌聲為朕把邪惡的臉孔們從床前趕了出去；也為朕把死神從心裡趕了出去。朕該拿什麼來報答你呢？」

「您已經報答過我了，」夜鶯說：「當我第一次為您歌唱的

時候，您流下了眼淚。對一個歌者的心來說，您的每一滴眼淚遠比任何一顆寶石都來得珍貴。但是，現在請您安心地睡吧，請您養足精神、恢復健康。我要再為您唱一首歌。」於是，皇帝便沉沉地睡去，這一覺是多麼安詳、多麼香甜呀。

當皇帝醒來時，感到神智清明，而體力也已經恢復了。此時，陽光正照耀在他的窗前。只是，他的僕人們卻沒有一個待在他的身邊，因為他們以為他已經死了，而夜鶯卻仍然在歌唱。

「請你永遠留下來跟朕住在一起吧，」皇帝說：「只要你高興，想什麼時候唱就什麼時候唱。我要把那隻人造的小鳥拆成一千塊碎片。」

「不，請不要這樣做，」夜鶯說：「這隻鳥在還能唱歌的時候，已經盡了它最大的力氣了。請讓它仍然留在您的身邊吧。而我，不能住在宮殿裡，或把我的巢築在這裡。所以，請您允許，讓我願意來的時候才過來吧。這樣，我將在黃昏的時候棲息在窗外的樹枝上，為您唱歌，讓您的心情舒暢、神清氣爽。我將唱出關於那些幸福的人和那些受苦的人的故事；我也將唱出所有隱藏在您周圍的良善與邪惡。現在，您小小的鳴鳥將要乘風高飛了，遠離您和您的皇宮，到漁夫的草棚、農民的農舍，和許多其他的

地方去了。我的心敬愛您勝過您的皇冠，但您的皇冠也是蒙福的。我願意來唱歌給您聽，只希望您能答應我一件事。」

「朕所有的一切已經是你的了，什麼事都行。」皇帝說。他已經穿上了龍袍站著，同時還將那把沉重的金劍按在自己的心口。

「我只請求一件事，」夜鶯說：「就是請您不要告訴其他人您有一隻把什麼事都告訴您的鳥兒，那麼，一切都會變得更好的。」接著，他便飛走了。

當僕人們進來料理他們死去皇帝的後事時，他們全都呆住了。而皇帝則對他們道了一聲：「早安。」

故事賞析

這是一個充滿中國風情的故事，背景設在華麗的中國宮殿裡，當朝的皇帝很以自己所擁有的一切自豪。後來，他透過閱讀外國文人寫的書刊才得知，原來在他的治下，最珍貴的寶貝是夜鶯。只是，夜鶯卻是住在一處隱密的森林裡，連外表也顯得十分尋常——不過是一隻灰色的小鳥。因此，連宮廷總管也不免訝異自己「從來沒有想到過，他看起來竟會是那麼一副不起眼的樣

子」。然後又一廂情願地解釋：「也有可能是因為他忽然看見來了那麼多大人物，所以嚇得失去了光彩吧。」

故事裡，從皇帝乃至最卑下的人，似乎都信奉著「以外表來判斷貴賤」的價值觀。人人都以住進皇宮、得到皇帝的寵信，和接受皇帝的賞賜為榮。夜鶯沒有斷然拒絕皇帝的賞賜，無論那些對牠而言顯得多麼多餘和滑稽；他也沒有試圖去對抗那種單一的價值觀，牠只是選擇在「失寵」之後默默淡出。然而，這種淡出──從皇權體系裡不動聲色地退隱出去，甚至也是不被容許的。眾人都指責這叫作「忘恩負義」；言下之意是夜鶯即使失了寵，也應該因為曾經或仍然受到皇帝眷顧，而心懷感恩地留在體系裡。這是一種所有人都必須參與其中、在裡頭扮演某一個位置和角色的遊戲，否則他就是「化外之民」，文明制度之外的野人。這看似是在諷刺古代中國的價值觀，不過其實它所指涉的範圍可能是更加廣泛的。

夜鶯的慷慨和善心顯現在皇帝生命垂危的時候，他回來為皇帝唱歌驅趕死神。皇冠、金劍和令旗，這些象徵皇權的東西都已經被死神沒收了，而夜鷹的歌聲在此刻展現出的力量是多麼強大呀！夜鶯做這些，不是為了得到皇帝的回報，也不是因為感念皇

帝曾經給過他的恩寵，而只是為了回報皇帝曾經在聽了他的歌聲後流下淚來。事實上，在他眼中，皇帝和任何一位平民的份量都是相同的，他樂意唱歌給喜歡他歌聲的任何人聽。

在安徒生的筆下，森林與皇宮，夜鶯與人工夜鶯，死神與皇帝是三組對照，音樂則代表了生命力和藝術家精神，它具有一種足以對抗死神、喚回生機的力量。最後，夜鶯仍然堅持保有自己的自由，沒有自由，他的音樂和生命就會受到桎梏而僵死。這似乎也是在說，無欲無求才能擁有真正的自由；也只有擁有自由，才能有真正的藝術。

06
人魚公主

　　在遙遠大海的彼端，水就像最可愛的矢車菊花瓣那麼藍，像水晶那麼清澈。但是這裡的水卻也很深，比任何錨索所能到達的都還要深。要從它的底部達到海面，會需要把許許多多尖塔一個接著一個疊起來才行。那一處水域就是海族生活的地方。

　　不要以為海底只有白色的砂礫。根本不是！那兒生長著最奇異的樹木和花朵，它們的枝幹和莖葉是那麼地柔軟，只要水流中有輕微的擾動，都能使它們像是活的那樣搖動。各式各樣的魚，大大小小，在枝葉之間穿梭，就像地面上的鳥兒穿梭林間一樣。在海洋最深的地方矗立著一座海洋之王的宮殿。它的牆壁是由珊瑚砌成的；而那些尖頂的長窗子鑲嵌著最明淨的琥珀；屋頂上則鋪著蚌殼，它們會隨著潮汐自動開闔。這是一個美妙的景象，因為每個蚌殼裡都有閃閃發亮的珍珠，其中的任何一顆，都足以拿

來當作女王皇冠正中央的珍寶。

　　海洋之王已經成了鰥夫許多年，他的老母親為他管理整個王宮。她是一位聰明的女人，而且為她自己高貴的出身感到自豪。所以，她在自己的尾巴戴上了十二個珍珠貝，以示炫耀；而其他宮裡的仕女最多只能戴上六個。除此之外，她的確非常值得稱讚，特別是因為她非常疼愛她的小孫女們，也就是人魚公主們。她們是六個美麗的女孩，尤其最小的那位，更是她們之中最美麗的。她的皮膚就像玫瑰花瓣那樣柔軟光滑；她的眼睛則湛藍得像是最深的海水。但是，就像其他海族的人那樣，她沒有腳——她的身體下半部是一條魚尾。

　　六位人魚公主整天都在宮殿裡，在牆上長著鮮花的大廳裡玩耍。每當高高的琥珀窗子被打開，魚兒們就會游進來；就像燕子常在我們打開窗戶時，飛進我們的屋子裡一樣。只是這些魚兒會游到小公主們身邊，吃她們手裡的食物，而且任由她們撫摸自己。

　　宮殿外面有一座很大的花園，裡面長著火紅色和深藍色的樹林。樹上長著像黃金一樣閃閃發光的果子；所開的花朵則像是在枝葉上燃燒的火焰。地上鋪著的是最細緻的沙子，而這些沙藍得

像硫磺燒出的火焰那樣。那裡所有的東西都籠罩著一層奇異的藍光，會使人以為自己是飄浮在空中，頭上和腳下全是藍天，而不是在深海的底部。風平浪靜的時候，向上可以看得見太陽；它就像一朵紫色的花朵，從它的花萼中流射出萬千光華。

每位小公主都有自己的小花園，她們可以在那裡種上自己所喜歡的任何植物。其中一位小公主將她的花床佈置成鯨魚的形狀；另一位小公主則把她的花床佈置成小人魚的形狀；但是，最小的那一位公主，卻把自己的花床佈置成圓形的，像個太陽的樣子；在裡頭，她只種像太陽那樣發出紅光的花朵。她是一個不尋常的孩子，恬靜而愛幻想。當她的姊姊們用從沉船裡找到的各種稀罕東西裝飾她們的花園時，她卻只願意讓自己的小花園裡開滿像陽光一樣紅的花朵，和立著一個漂亮的大理石雕像。這是一個英俊少年的雕像，由一塊純白色的大理石雕刻而成，來自一艘沉沒到海底的遇難船隻。她在雕像旁邊種下一株玫瑰色的垂柳。垂柳長得非常茂盛，那些優雅的枝條不久就遮蔽了雕像，垂到藍色的沙礫上。它們的陰影呈現出紫藍光的色調，而且隨著枝條的搖晃而晃動不止，看上去就像是樹冠和樹根玩著親吻彼此的遊戲。

沒有什麼比說些上面人類世界的事，更能讓這位最小的公

主開心的了。所以，她的老奶奶不得不告訴她所有關於船隻和城市，還有人類和動物的知識。對她來說，其中最美妙的似乎是陸地上的花朵有香味；對那些在海底的人來說，花朵是沒有味道的。而且，森林是綠色的；當「魚兒」在樹枝間游來游去的時候，可以唱出清脆悅耳的歌聲，教人感到愉快。老奶奶必須叫小鳥「魚兒」，否則公主會聽不懂她在說什麼，因為她從未見過小鳥。

「等妳到了十五歲的時候，」老奶奶說：「我可以准許妳游出海面；那時妳就可以坐在月光底下的岩石上，看看在妳身邊航行的大船，還有那些地上的樹林和人類的城鎮。」

過了一年，她的姊姊之中有一位快到十五歲了。其他姊妹們的年齡一個比另一個小一歲，所以，最小的那個公主，還得再等上五年的時間，才能浮到海面上看看我們的世界長什麼樣子。只不過，每個姊姊都答應把自己所看到的一切告訴其他人，還有第一次到水面上所發現的最奇妙的東西。奶奶跟她們說過的東西還遠遠不夠，她們想知道的事情太多了。

她們之中最渴望到上面去看看的就是那位最小的公主，她是如此抑鬱寡歡。多少個夜晚，她就站在敞開的窗戶邊，透過深藍

色的海水向上凝望著，只見魚兒悠然地擺動著魚鰭和尾巴。她還可以看見月亮和星星，當然，它們的光線暗淡了許多；只是，透過海水，它們會比人們所看見的大上許多。每當有雲彩般的陰影橫過它們，她知道，那若不是一條鯨魚游過，就是一艘載著許多人的大船從她頭頂駛過。而船上的人絕對想不到，有一個漂亮的人魚正站在水底下，向他們的船伸出一雙雪白的手臂。

現在最大的那位公主十五歲生日到了，所以她得到許可，可以浮到水面上去。當她回來時，有幾百件事情想要說。不過，她說的最美妙的事，就是在風平浪靜時，靜靜躺在月光下的沙灘；然後，眺望著岸上，那燈光如同繁星般閃爍著的城市；聆聽著城裡傳來的音樂聲，馬車和人們的喧囂聲，還有從眾多的教堂和尖塔傳來的鐘聲。她不能親自進到城裡去，所以這成了她心中最渴望的事情。

哦，最小的妹妹是多麼渴望地豎起耳朵聆聽著這些呀。在那之後，每當夜晚降臨，她站在窗戶邊，透過深藍色的海水向上凝望時，她就會想起那個在夜裡明亮的城市和城裡的喧囂聲。甚至想像，在這個海底的深處也能聽見教堂的鐘聲響起。

隔了一年，第二個姊妹得到准許浮到海面上去，到任何她樂

意去的地方游泳。她抵達水面時正好是日落時分，她說這真是她所見過最美妙的景象。整個天空佈滿了金色的光芒；而那些雲朵的美，她簡直找不到文字來形容。當它們從她的頭頂掠過，被渲染成紅色的雲又滾上了紫色的邊。不過，飛得比浮雲還快的是一群野天鵝。他們像一條長長的白紗，飄散在海上。當他們朝向夕陽飛去時，她也想跟著游過去；但夕陽終於沉了下去，使得所有玫瑰色的光芒從海洋和天空間消失無蹤。

到了第三年，第三個姊妹浮上海面，她是她們之中最有勇氣的一位。她游進了一條流向海洋的大河裡。她看見了翠綠的山丘，上面種滿了葡萄。宮殿和莊園在茂密的樹林間隱約可見。她還聽見了所有的鳥兒在歌唱。這時，太陽照耀得如此明亮，讓她不得不時時潛入水裡，以冷卻自己灼熱的臉龐。在一個小海灣裡，她遇見了一群普通人的小孩，他們光著身子在海水裡嬉戲。她想和他們一起玩，但是他們卻嚇得逃走了。接著，游來了一隻黑色的動物──是一隻狗；不過，她以前從未見過狗。他非常兇猛地吠著，把她給嚇壞了，於是急忙逃回海裡。就這樣，她永遠也不會忘記那壯麗的森林、綠色的山丘，還有漂亮的小孩。儘管他們沒有魚的尾巴，卻仍然可以在水中游泳。

第四個姊妹不是那麼喜愛冒險。她遠離岸邊的洶湧浪濤，停駐在寬闊無邊的海面上，她說這已經是一個奇妙的地方。因為從那裡可以向四面八方遙望遠處，而且頭頂上的天空就像一個巨大的玻璃圓頂。她還看見了船隻，只是它們很遠，看起來就像海鷗。海豚在波浪間嬉戲，而巨大的鯨魚則從鼻孔裡噴出水來，看起來彷彿有數百個噴泉圍繞著他們。

　　現在輪到第五個姊妹了。她的生日是在冬天，所以她能看見其他姊姊浮出海面時沒有見過的東西。大海成了深綠色的，還有巨大的冰山在四周漂浮。她說，每座冰山都像珍珠那樣閃閃發光，只是它們比人類建造的任何教堂尖頂都更加高大。不但有著各種美麗的形狀，還能像鑽石那樣折射出耀眼的光彩。她讓自己坐在最大的那座冰山上，任海風吹拂著她的長髮；只是當船隻駛過，水手們看見她時，全都驚慌地逃開了。到了黃昏時刻，烏雲佈滿了整片天空。雷聲陣陣，電光閃過天際。黑色的波浪把這些大冰山高高掀起，使它們也在雷電之中閃著光。那時，所有的船隻都驚惶恐懼地收了帆，但她卻仍然坐在浮動漂流的冰山之上，靜靜地看著藍色的閃電將光束曲曲折折地刺進海中。

　　每位曾經浮到海面上的公主，都喜愛各自第一次看見的那些

美麗景色。只是，當她們變成大女孩，可以去任何自己喜歡的地方以後，她們反倒變得無動於衷了。她們到了別的地方反而更渴望回家。離家一個月後，她們就紛紛抱怨世上沒有其他好地方比得上海底，也沒有任何地方能讓她們像在家裡那樣，感到完全的自在。

在許多個黃昏，她們五個姊妹會手挽著手排成一列，浮到水面上去。她們擁有的美麗嗓音，比任何一個凡人都更迷人。在風暴即將到來的前夕，她們若預見某些船隻將會遇難，就會游到船前唱出美麗的歌聲，告訴水手們海底是個奇妙的地方，請他們萬一沉入海底也不要害怕。但是，人們聽不懂她們的歌，而且把那歌聲誤以為是暴風雨的怒吼；他們也想像不到在海底深處會有什麼美好的事物。一旦船隻下沉，他們就會被淹死；而只有死去的人，才能前往海王的宮殿。

某個夜晚，當姊姊們手挽著手浮出海面的時候，最小的那個妹妹孤零零地望著她們，簡直要哭了。只是人魚並沒有眼淚，所以讓她心裡更加難受。

「唉，要是我已經十五歲就好了！」她說：「我知道我會愛上那個上面的世界和所有生活在那裡的人。」

終於，她也十五歲了。

「現在，我會讓妳放開我的手了，」她的奶奶老王后說：「來吧，讓我把妳打扮得像妳的姊姊們一樣。」她在小公主的頭髮上，戴上一個白色百合編織的花環，這花環的每個瓣都是半顆珍珠。老王后還讓八隻大珍珠貝夾在公主的尾巴上，以顯示她高貴的身分。

「但是那讓人生疼呢！」小人魚公主說。

「要講究氣派就得受點罪。」老奶奶對她說。

哦，她多麼想擺脫這所有裝飾，把沉重的花環扔到一邊呀！她花園裡的那些紅花不是更適合她戴嗎？但是，她可不敢造次。她道了別，然後就像一顆清澈透亮的泡沫，輕盈地浮到水面上去了。

當她把頭伸出海面的時候，太陽已經落了下去，不過天上的晚霞還染著金色和玫瑰色。在微暗的天空中，金星正閃爍著明亮的光輝。空氣清新甜美，海面上波瀾不興。一艘三桅大船正停在不遠處，桅杆上只掛著一張大帆，因為此時沒有一絲微風吹動。水手們在護桅繩和索具之間閒晃。船上傳來音樂和歌聲；當夜晚降臨，數百個明亮的彩色燈籠被點亮，看起來就像是世界各國的

旗幟在空中擺盪。

　　小人魚公主朝著主船艙的窗邊游過去，海浪不時把她托起，讓她可以透過透明的玻璃窗，看見艙裡穿著華麗的人們。他們當中最英俊的是一位有著一雙黑色眼珠的王子；他的樣子看起來，年紀一定不到十六歲。今天是他的生日，而這是大家歡慶的原因。水手們在甲板上跳著舞，當王子出現在他們之間時，上百發煙火像火箭一般同時射向空中，整個天空瞬間明亮得宛如白晝。這些可把小人魚公主嚇壞了，她立刻鑽進水裡藏了起來。但是，她很快又好奇地窺視上面的情況，然後看見天空中所有的星星似乎全都朝著她落下。她從來沒有見過這樣的煙火——像許多顆巨大的太陽在旋轉，又像燦爛的燈火魚漂浮在藍色的空中，所有這些東西都被映照在清澈的海面上。煙火是如此輝煌，把船上的每個人，甚至連船上最細的繩子，也照得清清楚楚。噢，那位年輕的王子是多麼地英俊呀！當音樂在這奇妙的夜晚響起時，他微笑著，然後和其他人一一握手。

　　夜愈來愈深了，但小人魚公主卻無法把她的眼睛從大船和英俊的王子身上移開。那些色彩繽紛的燈籠一一熄滅，不再有火箭射向天際，也不再有砲聲巨響。但是，海面上卻開始變得不平

靜，從海的深處傳來了一陣嗚嗚聲和轟隆聲。起伏的波濤逐漸將她愈推愈高，使她可以看見船艙裡的情況。風灌滿了大船的風帆，加快了它的速度。大浪翻湧起來，烏雲堆積，遠方也閃起了陣陣的電光。

啊，一個可怕的風暴來了！船員們急忙將船帆收起來。大船在洶湧的海面上顛倒翻滾。巨浪就像一座高聳的黑山緩緩升起，彷彿要將船桅壓斷似的，但大船卻像隻天鵝，一會兒消失在波浪的低谷裡，一會兒又出現在波浪的峰尖上。對人魚來說，這會是個有趣的遊戲；但是對水手們來說，卻絕非如此。整艘船吱嘎作響，厚實的船板終究承受不住巨浪的衝擊，船身應聲斷裂，主桅杆也像根蘆葦似的攔腰折斷。接著，船向側邊傾倒過去，大水嘩嘩地湧進了船艙。

這時，小人魚公主看出他們遭遇危險了，而她自己也得小心地避開在海中飄蕩的船梁和各種殘骸。有一個片刻，四下全是一片漆黑，讓她什麼也看不見。接下來的瞬間，電光閃爍在天際，明亮得足以看見船上的每一個人。大家都在盡力為自己尋找活路。她特別專注地看著王子，當船斷裂成兩半時，她看見他沉入了海中。起初，她很高興自己能與他在一起了；但是她隨後又

想起，人類不能生活在水中，他們必須成為已死之人，才能進入她父親的宮殿。不，他絕不能死！所以，她朝著那些漂來盪去的木板和船梁游去，完全不顧它們可能把她撞得粉身碎骨。她潛入黑暗的海水裡，又在波濤的高處鑽出來，終於來到載浮載沉的王子身邊。他的手臂和兩腿已經無法動彈了，俊美的雙眼也已經闔上。如果人魚公主沒有前來拯救他，他必定已經失去生命了。她把他的頭托在水面上，讓潮水載著他們隨波漂流。

到了破曉時分，風暴已經止息，那艘船連一塊碎片也不見了蹤影。燦爛的太陽從海水中升起，將海水映照得火紅而明亮，它的光芒也似乎讓王子的臉頰回復了生氣；只是他的雙眼仍然緊閉著，人魚公主在他高挺的前額上親吻了一下。當她將他濕透的頭髮向後梳，他看起來就像是她小花園裡的那座大理石像。她又吻了他一下，希望他能甦醒過來。

這時她看見一片陸地在前方出現，那是一座藍色的高山；山頂上堆積著閃閃發亮的白雪，看起來就像是有一群天鵝正棲息在那裡。沿岸的山腳下綠樹成蔭，在樹林不遠處有一個教堂或修道院，她不知道那是什麼，但不管怎樣，那確實是個人類的建築物。在它門前則有幾株高大的棕櫚樹，旁邊有個花園，裡頭長

著一些柳橙和檸檬樹。在這裡，海形成了一道小港灣，平靜而深邃；山崖下則鋪滿了細膩的白沙。她托著英俊的王子一起向岸邊游去，並且把他放在沙灘上；又細心地在溫暖的陽光下把他的頭高高枕起。

鐘聲從那座高大的白色建築裡響了起來，一些年輕的女孩們走進了花園。小人魚公主立刻游進水裡，藏身在幾塊冒出海面的大岩石後面。她把頭伸出水面，並用海水泡沫遮住了自己的頭髮和肩膀，不讓人看見她的小臉。然後，她想看看是否有誰會發現可憐的王子。

過了一會兒，一個年輕的女孩向王子走去。一開始，她顯得有些吃驚和害怕；但又過了一會兒，她就喊來了更多的人。人魚公主看見王子漸漸甦醒過來，並對他周圍的人發出微笑。但他卻沒有對她自己微笑，因為他甚至不知道是她救了他。她心中感到非常鬱悶，當王子被大家送進了大建築物以後，她便難過地潛下水去，回到了父親的宮殿。

她一向是恬靜而陰鬱的，現在情況變得更加嚴重了。她的姊姊們問她：第一次到水面上時看見了哪些東西，她卻什麼也沒有對她們說。

許多個夜晚和早晨，她回到先前離開王子的地方。她看著花園裡的水果成熟，看著它們被摘下；也看著高山上的白雪融化。但是，她卻沒有再看見王子，所以每次她回到家時，都比離開前更加沮喪。她唯一的安慰，就是坐在她的小花園裡，用雙臂環繞著那個肖似王子的大理石雕像。如今，她已不再照料她的那些花朵了。這些花兒就如同曠野中的野花，胡亂長了滿地；它們長長的莖葉與樹枝相互交纏，使這裡成了一片陰暗又荒蕪的地方。

　　最後，她實在受不了了。她把自己的心事告訴了一個姊姊，其他姊姊們便立刻也都聽說了。但是除了幾位非常親密的朋友之外，她們沒再跟誰說這祕密。其中的一個朋友正好知道那位王子是什麼人，她也曾經看見過那次在大船上的生日慶祝活動。她知道王子來自何處，他的國度在什麼地方。

　　「來吧，好妹妹！」其他的公主說。她們一起手挽著手游到水上，依她們所知道的游向王子王宮的所在地。

　　這宮殿是用一種會發光的金色石頭所建成的，有著一座座大理石階梯，其中有一座石階通向海岸。宮殿的頂端是一個高聳而華麗的金色圓頂，而在圍繞著整座宮殿的一根根圓柱上，豎立著許多栩栩如生的大理石像。通過那些高大明亮的玻璃窗，可以

看見富麗堂皇的房間；裡面掛著許多貴重的絲質窗簾和掛毯，牆上還有許多大幅的圖畫，令人賞心悅目。在大廳的中央，有一個巨大的噴泉正噴著水，把閃亮亮的水柱高高地射向玻璃的圓形拱頂；而陽光又透過玻璃圓頂照在下方的噴泉和水柱，還有周圍的花木上。

現在，她知道王子住在什麼地方了。她在王宮的附近度過了許多個夜晚和黃昏。她比任何一個姊姊都勇於冒險游得更靠近岸邊。有一次，她甚至鼓起勇氣來到大理石陽台下的小河道，待在陽台那道狹長的陰影下。她常常坐在這裡，凝望著那位在明亮的月光之下顯得十分孤單的王子。

許多個黃昏，她看見他乘著他那艘華麗的船，在悠揚樂音和飄舞旗幟的伴隨下出航。她從綠色的燈芯草之間窺探，如果微風偶然吹起了她那銀色的長面紗，任何看見她的人都會誤以為，那是一隻展開了翅膀的天鵝。

許多個夜晚，她看見漁民帶著火把出海，並且聽見他們談論著年輕的王子是多麼善良。這使她不由得自豪起來，想到當海浪幾乎將他衝擊致死的時候，拯救了他性命的人就是她自己。她又想起了他的頭是如何輕輕地靠在她的懷裡，還有她是如何溫柔地

親吻過他。雖然，他什麼也不知道，甚至連作夢也不曾想到過。

她變得愈來愈喜歡人類，也愈來愈渴望在他們之中生活。人們的世界似乎比她自己的世界更廣闊，因為他們可以乘上大船巡航海洋，也可以攀登到高聳入雲的高山。他們的土地、樹林和田野一直向四方延伸，遠遠超過眼睛所能看見的。她想知道的東西是那麼的多，但是，她的姊姊們卻無法回答她的所有問題。所以她跑去問那個認識「上面世界」的老奶奶——「上面世界」就是她用來稱呼陸上國度的正確名字。

「如果人類沒有被淹死，」小人魚公主問：「他們能永遠活著嗎？他們是不是也像住在海裡的我們一樣會死去呢？」

「是呀，」老奶奶說：「他們也會死，而且壽命比我們還短，我們可以活到三百歲。當我們的生命終結時，我們只是變成了海上的泡沫，所以在下面這裡，我們並不給自己所愛的人造一座墳墓。我們沒有不滅的靈魂，也沒有死後的生命。我們就像綠色的海草，一旦遭到割斷就不能再生長了。人類呢則相反，他們有一個永遠活著的靈魂，可以在身體化成泥土以後繼續活著。靈魂會通過純淨的空氣升起，直達閃爍的星星。就像我們上升到水面去看陸地上的一切那樣，人類也能上升到那個未知的奇妙之

境，那是我們永遠無法看見的。」

「為什麼我們不能擁有不滅的靈魂呢？」小人魚公主悲哀地
問：「如果我能夠成為人類，哪怕只有一天，然後去到那個天上
的世界，我情願放棄三百年的生命。」

「妳可千萬別這麼想，」老奶奶說：「比起上面的人類來
說，我們在這裡生活可幸福美好得多了！」

「那麼我就只能死去，然後成為海上的泡沫漂呀漂了。再也
聽不見波浪的音樂，也看不見美麗的花朵和火紅的太陽！難道我
就沒有辦法做些什麼來贏得永恆的靈魂嗎？」

「不是那樣的，」她的祖母回答：「要是有一個人類非常愛
妳，甚至把妳看作比他父母還重要的人。如果他所有的心思和
全部的愛情都只傾注在妳一個人身上，那麼，他就會讓一個牧師
把他的右手交到妳的手裡，並且許諾從今以後永遠對妳忠誠。那
麼，他的靈魂就會住在妳的身體裡，而你就能分享人類的幸福
了。他能分給你一個靈魂，而同時又保有自己的。只是，這樣的
事是從來不曾發生過的！我們在海底認為最美的東西——妳的魚
尾巴，在陸地上會被認為是難看的東西。他們的眼光很差，認
為要有兩條笨拙的棍子，他們稱之為『腿』的東西，才顯得漂

亮。」

　　小人魚公主嘆了口氣，沮喪地看了自己的魚尾巴一眼。

　　「來吧，高興點！」老奶奶說：「讓我們在擁有的三百年壽命裡盡情地享受歡樂吧，這已經是相當長的時間了。死後，我們就好好休息。今天晚上我們在宮殿裡舉辦一場舞會吧。」

　　這是一個別開生面的景象，是人們在陸地上絕對不曾看見過的。大宴會廳的牆壁和天花板是由厚實卻透明的水晶製成的。數以千百計的草綠色和粉紅色巨型貝殼，一排排立在四邊；每個貝殼裡都點燃起藍色的火焰，照亮了整個大廳，火光透過了牆壁，連王宮外面的海洋也變得相當明亮。人們可以看見無數的魚隻，大大小小，朝著水晶宮牆游來。其中的一些魚，鱗片閃爍著紫色的光；有些魚則是閃著銀色和金色的光。有一股寬闊的激流穿過大廳的中央，海中的男男女女，在他們各自喜愛的歌曲奏起時翩翩起舞。這些美麗的歌聲，也是在陸地上生活的人們不曾聽過的。小人魚公主是這些人之中唱得最出色的，宮廷裡的所有人魚都由衷地讚賞她的歌聲。有一會兒，她的心中感到高興，因為她知道自己擁有的聲音，不論在海中或在陸地上都是最美妙動人的。不過，她很快又想起了上面世界的事。她忘不了那位英俊的

王子，也忘不了因為自己沒有像他一樣的永恆靈魂而引起的哀愁。於是，她悄悄地離開了父親的宮殿。就在宮裡歌舞昇平、充滿著歡聲笑語的此刻，她獨自悲傷地坐在自己的小花園裡。

接著，她忽然聽見了一陣號角聲從海面上傳來。她想：「這一定是他正在乘船航行。他是一個我愛他勝過我的父親或母親的人，也是一個我時時刻刻想念的人；我是如此希望將我終身的幸福交在他的手中。為了他，為了得到永恆的靈魂，我願意付出任何代價。趁著姊姊們正在父親的宮殿裡跳舞，我要去拜訪那位我一向害怕的海女巫，或許她能告訴我該怎麼做，給我一些幫助。」

小人魚公主離開了她的花園，朝著激流疾轉的巨大漩渦游過去，她知道那個老巫婆就住在它的後面，只是她以前從來沒有走過這條路。那裡沒有任何花朵生長，也沒有任何海藻，放眼所見既光禿又灰暗，只有海床的沙一路延伸到漩渦裡。而水流則如同咆哮的石磨輪子，將所有能抓住的東西都拖進了黑暗的海底。為了抵達海女巫的居所，她不得不冒險穿過這些洶湧的漩渦，之後還有一段長長的路程，還需要穿過一個沸騰冒泡的泥潭，海女巫叫它「她的泥炭地」。經過這些之後，會來到一座詭異的森林，

海女巫的屋子就在那裡。森林裡的所有樹木和灌木叢都是巨大的珊瑚蟲，一半是動物一半是植物。它們看起來像是從土裡冒出的百頭蛇，所有的枝椏都是黏糊糊的手臂，而手指就像是彎彎曲曲的蠕蟲一樣。它們從樹根到觸鬚，每個枝節都在蠕動；無論它們抓到什麼，都會死死纏住，永遠不會放開。小人魚公主害怕了起來，她在森林的邊緣停下腳步，恐懼得快要喘不過氣來，幾乎想要立刻就轉身逃離此地。但是，她一想起王子和人類所擁有的靈魂，就重新又有了勇氣。她把她那飄動的長髮緊纏在頭上，好讓那些珊瑚蟲抓不到她。她又把手臂抱在胸前，像隻小魚那樣，從那些伸出了無數隻噁心小手臂來抓她的珊瑚蟲之間，急急忙忙地溜了過去。她看見每一株珊瑚蟲上百個鐵箍般的觸角裡都已經抓住了一些東西：那些淹死並沉到海底之人的白骨、船隻的殘骸、陸上動物的屍體。但是，其中最令她害怕的是，它們還抱著一個被抓住和勒死的小人魚。

現在她來到了森林裡一塊泥濘的空地，有一些肥胖的大水蛇盤踞在那裡，露出了黃色肚皮。在這塊空地中間，是一座由罹難者的骨頭所打造而成的房屋，那裡頭就住著海女巫。她正讓一隻蟾蜍從自己的嘴裡吃東西，就像我們拿糖餵食一隻小金絲雀那

樣。她叫那些肥胖的大水蛇「小雞仔」，還讓他們在她鬆垮垮的胸口上爬來爬去。

「我知道妳想要什麼，」海女巫說：「多麼蠢的姑娘！不過，我驕傲的小公主，妳的願望可以被滿足，因為那將會帶給妳悲傷。妳想要擺脫自己的魚尾，換成兩根柱子，好讓妳可以像人類那樣走路。妳想要讓年輕的王子愛上妳，可以得到他和一個不滅的靈魂。」這時，女巫放聲大笑了起來，笑到連蟾蜍和水蛇們都滾到地面上，在那裡獰獰地扭動著。

「妳來的正是時候，」女巫說：「若是你明天太陽升起之後才來，就得再等上整整一年的時間，我才可以幫妳。現在，我可以為妳煎上一帖藥；在日出之前，妳就帶著它游到岸邊，坐在海灘上把它喝光。然後，妳的尾巴就會分成兩半、開始縮小，變成人們稱之為一雙腿的東西了。只不過，妳會吃足苦頭，那就像一把鋒利的劍刺進妳的身體。但是，凡是看見妳的人都會說，妳是他們見過最美麗的人。妳將仍然保有妳的體態，也沒有任何舞者能擁有像妳那樣輕盈曼妙的動作；只是，妳所邁出的每一步都會像踩在刀刃上那樣疼痛，並流出血來。我是可以幫妳，但妳願意忍受這些嗎？」

「我願意。」小人魚公主用顫抖的聲音說，因為她想得到王子的愛情和擁有人類的靈魂。

　　「千萬要記得！」女巫說：「一旦妳化為人的形態，妳就永遠不能再變回人魚了。妳也永遠不能夠通過海水回到妳姊姊身邊和妳父親的宮殿了。而且，如果妳沒能贏得王子的愛，使他愛妳勝過愛自己的父親和母親，將他所有的心思和全部的愛情都只傾注於妳一個人，讓牧師在婚禮上把你們的雙手牽在一起，那麼，妳就不能贏得永恆的靈魂。萬一他娶了別的女人，你的心就會在婚禮後的第一個早晨破碎，而妳也會變成海上的泡沫。」

　　「我願意冒這個險。」小人魚公主說。只是，她的臉色已變得像死人那樣蒼白。

　　「另外，妳還要付給我報酬，」女巫接著說：「而且我所要的酬勞也不是件小東西。妳擁有一副好嗓子，勝過海底的任何一個人魚。我相信妳會想要拿它去把王子迷住，但妳必須把這副好嗓子給我。我要拿走妳最好的東西，來交換那帖寶貴的藥，因為我必須把自己的血液注入藥裡頭，好讓藥效像一把雙刃劍那樣鋒利。」

　　「但是，如果妳拿走了我的聲音，」小人魚公主說：「我還

「我知道妳想要什麼，」海女巫說。

剩下些什麼？」

「妳美妙的形體，」女巫告訴她：「妳還有輕盈的身段和妳深情動人的眼睛，妳用它們很容易就可以迷住男人的心。怎麼？妳想打退堂鼓了嗎？來，伸出妳的小舌頭，好讓我把它割下來。我收了妳的報酬之後，妳就可以得到那帖靈藥了。」

「動手吧。」小人魚公主說。

女巫把她的大鍋放在火爐上，開始製造靈藥。「愛乾淨是一件好事。」她說。接著她把幾條蛇打成一個結，用他們來擦拭鍋子。然後，她又用尖指甲抓破了自己的胸口，讓她的黑血流進大鍋裡。從黑血冒出來的蒸汽化成了恐怖的形狀，任何人看了都會感到害怕。女巫又不斷將新的原料投進大鍋裡。藥汁開始滾滾沸騰，聽起來像鱷魚的哭聲。最後煮好的草藥看起來就像是最純淨的水。

「妳要的藥有了。」女巫說。然後，她割掉了小人魚公主的舌頭；現在她既不能唱歌，也不能說話了。

「在妳穿過我的森林回去的時候，如果珊瑚蟲抓住了妳，」女巫說：「妳只需要把這個草藥灑一滴在它們身上，就足以讓它們的觸手粉碎。」但是，小人魚公主完全沒有這樣做的必要，因

為草藥在小人魚公主的手中，就像是一顆閃閃發亮的星星，而珊瑚蟲一看見那草藥，就全都蜷縮起來了。所以，她很快地就穿過了森林、沼澤和激流洶湧的漩渦。

　　她回到了父親的宮殿，只是，大廳裡的萬千燈火早已熄滅。毫無疑問地，宮殿裡的每一位都睡著了。不過，她不敢靠近他們，因為現在她已經是個啞巴，而且就要永遠離開自己的家園了。此刻，她覺得內心悲傷得像是要破碎了一般。她悄悄地走進花園，從每一位姊姊的小花園裡摘下一朵花，又對著王宮送出了一千個飛吻。之後，便穿過深藍色的大海游了上去。

　　當她看見王子的宮殿時，太陽還沒有升起。她來到輝煌的大理石階梯之下，月色皎潔而明亮。小人魚公主飲下了苦澀又灼熱的草藥，它就像一把雙刃利劍穿過了她柔弱的身體。她立刻就昏了過去，躺在那裡，如同死去一般。當太陽升到海面上時，她悠悠地轉醒過來，一陣強烈的劇痛侵襲她。這時，一位年輕俊美的王子就站在她的面前，正用他那雙明亮的黑眼睛凝視著她，使她害羞地低下了頭。她發現自己的魚尾巴已經消失，而且擁有一雙任何年輕女孩都會希望擁有的美麗雙腿。只是，她正裸露著身體，所以她用一頭秀麗的長髮把自己裹住。

王子問她是誰，又問她是哪裡來的。她用那雙深邃的藍眼睛溫柔又悲戚地望著他，因為她現在已經無法說話了。然後他伸出手來，把她領進了他的宮殿。每邁出一步都令她感覺到自己像是在鋒利的刀刃上走著，正像女巫所說的那樣；但是她仍然樂於忍受這種痛苦。她走在王子的身邊，就像泡沫一般輕盈地移動。王子和每一位看見她的人都為她的曼妙腳步驚嘆不已。

　　在王宮裡，她穿上了特別為她用絲綢和細紗縫製的禮服，成了王宮裡最美麗的女人；即使她是啞的，既不能唱歌也不能說話。穿著絲綢衣裳、戴著金首飾的侍女們，來到王子和他的父母面前獻唱。其中一個人，唱得比所有其他人都甜美。當王子微笑著鼓掌時，小人魚公主內心感到十分酸楚，因為她知道自己有過比這更加甜美的嗓子。

　　「噢，」她想：「如果他能知道我為了和他在一起，永遠地犧牲了自己的聲音該有多好呢。」

　　現在美貌的侍女們開始跟著悅耳的音樂，優雅地跳起了舞蹈。於是，小人魚公主舉起了她雪白的手臂，掂起了腳尖，翩然走進舞池裡，跳起了無人曾經見過的美妙舞蹈。她的每個動作都更加突顯出她的美；而她那雙動人的眼睛，又比任何一個侍女的

歌聲更能吸引人心。

　　她讓所有人都著迷了，尤其是王子；他叫她作親愛的小孤兒。她跳舞跳了一遍又一遍，雖然每當她的腳觸碰到地板時，都使她感覺到錐心的刺痛。王子說，她應該永遠留在他的身邊，還給了她一個天鵝絨的枕頭，可以睡在王子的房門外。

　　他要人為她製作了一套男裝，好讓她可以陪著他一起騎馬。他們騎著馬穿過花香滿溢的樹林，綠色的枝椏輕撫著她的肩膀，而鳥兒也在飄落的樹葉中唱著歌。她和王子一起爬上高山，雖然她細嫩的腳已經流出血來，使其他人都看見了，她仍然只是微笑著，繼續伴隨著王子而行，直到看見雲朵在他們的下方飄動，就像是一群向遠方飛去的鳥兒。

　　夜裡，當王子宮殿裡的其他人都睡著了以後，她會沿著寬闊的大理石台階走出去，在冰冷的海水中讓她那雙灼熱的腳得到片刻清涼，這時她總不禁想起那些住在海中的家人。某一天夜裡，她的姊姊們手挽著手前來，一面浮在波浪上，一面悲傷地唱著歌。她向她們招了招手，所以她們認出了她來，而且告訴她，她的離開令她們多麼地傷心。在那之後的每天夜裡，她們都來探望她。有一天，她甚至遠遠地看見了多年不曾浮上海面的老奶奶，

小人魚公主掂起了腳尖，翩然走進舞池
裡，跳起無人曾經見過的美妙舞蹈。

陪著她的是海之王，他的頭上戴著王冠。他們也向她伸出手來，只是並沒有像她的姊姊們冒險游近岸邊。

王子一天天愈來愈愛她。只不過他是以像愛一個好孩子那樣來愛她，從來沒有想過要讓她成為他的王子妃。然而，她必須成為他的妻子，否則她永遠不能得到一個不滅的靈魂。而且，在婚禮後的第一個早晨，她將會變成海上的泡沫。

「難道在所有人中你不是最愛我的嗎？」當王子把她摟在懷裡，親吻她可愛的額頭時，小人魚公主的眼睛似乎在問著他這樣的問題。

「是的，妳是我最愛的人，」王子說：「因為妳有一顆最善良的心。妳愛我更甚於其他任何人。而且妳看起來就像我曾經見過的一位小女孩，可是我再也見不到她了。我曾經遭遇船難，波浪把我帶到了靠近某個教堂的海岸。那時有許多年輕女孩正在舉行著儀式，其中有一位年輕女孩在海邊發現了我，拯救了我的性命。雖然我和她見面的次數並不超過兩次，但她是我在這個世界上唯一能夠愛的人了。妳長得和她相似，而妳也幾乎取代了我心中對她的記憶。她屬於那個神聖的教堂，所以我很幸運能有妳在我的身邊。就讓我們永遠不分開吧。」

「哎呀，他不知道救了他的人其實是我呢，」小人魚公主想：「是我把他送到教堂附近的花園的。我就躲在泡沫的後面，看著有沒有人過來。那時我看見了他所說的那個女孩，他竟然愛她多過我。」她深沉的痛苦只能表達在嘆息裡，因為人魚是不能哭的，她想：「既然王子說，那位女孩屬於教堂，她就永遠不會出現在他的世界，他們也永遠不會再見到對方了。畢竟，在他身邊關心他、愛他、能把一生奉獻給他的人是我。」

現在，有流言傳說著王子將要與鄰國的美貌公主結婚，他已經準備好一艘華麗的大船了。流言又說，王子訪問鄰國是為了見一見那位國王的女兒，那是航程的主要目的。小人魚公主搖了搖頭，微笑了起來，因為她比其他人都更清楚王子的想法。

「我不得不展開這次旅程，」他告訴她：「我必須去拜訪一位美麗的公主，因為這是我父母的願望；但他們並不能強迫我把她娶回家，我永遠不會愛她的。她不像妳那樣肖似教堂裡的少女，所以，如果要我選擇一個新娘，我當然會選擇妳。有著一雙動人雙眼的妳，我親愛的小孤兒。」他親吻了她的嘴唇，用手指撥動了她的長髮，然後把自己的頭靠在她的心上，讓她夢想著凡俗的幸福和不滅的靈魂。

「我想妳不怕海吧，我的沉默小孩？」他說。他們登上了那艘將要把他們載到鄰國的華麗船隻。他對她說了許多故事，關於風暴、平靜的海、那些奇怪的深海魚，還有潛水員在海底所看見的奇特景象。她對這些故事笑了笑，因為沒有人像她那樣真正知曉海底的事。

在明淨的月光下，除了那位掌舵的人以外，每個人都睡著了。她坐在船邊，凝望著清澈的海水，幻想自己可以看見父親宮殿所發出的亮光，在塔樓的頂端站著她的老奶奶，穿戴著銀色的皇冠，正透過波動的水流望著這艘大船。這時，她的姊姊們忽然游到水面上，悲傷地看著她，擰著她們白淨的雙手。她向她們微笑著揮手，想要讓她們知道一切都好，她很快樂。但是，有個小水手走了過來，於是她的姊姊們立刻沉進了水裡，男孩以為自己所看到的白色閃光只是海上的泡沫。

第二天早晨，大船駛入了鄰國首都的繁華港口。所有教堂的鐘聲都響了起來，所有的高塔都吹起了喇叭聲；士兵們舉著飄揚的旗子和明晃晃的軍刀，站立在他們經過的道路兩旁。每天都有一個新的節慶，宴會和接待會一個接著一個舉行，但公主還是沒有出現。人們說她正在一個遙遠的修道院接受教育，她正在那裡

學習王室的美德。終於，她出現了。

　　小人魚公主非常好奇，想看看這個公主長什麼樣子。她不得不承認，她從未見過像這位公主如此美麗的人。公主的皮膚潔白而細嫩；在她長長的黑色睫毛下面，一雙深藍色、誠摯而純潔的雙眼微笑著。

　　「竟然是妳！」王子大喊：「當我像一具死屍躺在海灘上時，救了我的人就是妳。」他把這位羞紅了臉的新娘摟進懷裡。「噢，我比世上所有的男人都要快樂！」他對他的小人魚公主說：「我最美好的夢想──我從來不敢奢望的美夢──居然成真了。妳一定能分享我的喜悅，因為妳比任何人都要愛我。」

　　小人魚公主親吻了他的手，感覺自己的心已經開始破碎。就在他舉行婚禮的第一個早晨，她將會死去，並且化成海上的泡沫。

　　所有的教堂鐘聲都響了起來，傳令兵跑遍街頭巷尾宣佈王子和公主訂婚的消息。在每個祭壇上，珍貴的銀燈燃燒起芬芳的香油。祭司們搖晃著香爐，新娘和新郎牽著彼此的手接受主教對他們的祝福。小人魚公主穿著絲綢戴著金飾，為新娘托著長裙裾；只是她的耳朵已經聽不見婚禮的音樂聲；她的眼睛也已經看不見

各種神聖的儀式了。她只想到自己即將面臨的死亡之夜，還有她在這個世界上已經失去的一切。

　　那天晚上，新娘和新郎上了船。禮炮齊鳴，旗幟飄揚。在大船的中央已經搭起了紫色和金色的皇家大帳，裡頭擺放著豪美的靠墊和寢具，新婚的夫婦將在這裡度過一個寧靜又清涼的夜晚。船帆在微風中鼓脹，大船正在緩緩地航行，平穩得就像是幾乎沒有在平靜的大海上移動似的。夜幕降臨，無數的彩燈都被點亮起來，水手們在甲板上快樂地跳舞。小人魚公主不禁想起，自己第一次從海洋深處浮起，就曾看見這樣歡樂幸福的景象。於是，她加入了旋轉的舞蹈，輕盈得就像是一隻被獵人追捕的燕子。每個人都為她歡呼，因為他們從來沒有見過如此奇妙的舞蹈。她柔軟的雙腳就像是正在被匕首刺著、割著一樣，但她已經感覺不到痛楚了，因為她的內心還要痛苦得多。她知道這是她能見到他的最後一個晚上了。為了他，她離開了自己的家和家人，獻出了她美妙的嗓子，忍受了這麼多的折磨，而他卻對這些事情一無所知。這也是她能和他呼吸著相同空氣，能看見深沉的大海或滿天星空的最後一個夜晚了。一個沒有盡頭的夜晚，不再有思想和夢想，正在等待著她這個沒有靈魂、也無法得到靈魂的人魚。歡慶活動

一直持續到下半夜，她仍然與眾人一起大笑著、跳著舞，只是死亡的影子始終盤踞在她的心頭。王子親吻了他美麗的新娘，而她則用手撥弄了他烏黑的頭髮。他們攜手走進了華美的大帳裡安歇。

大船裡終於逐漸平靜了下來，只有舵手留在甲板上。小人魚公主把雪白的手臂靠在舷牆上，望向東方即將破曉的曙光，因為她知道這第一道光芒將帶來自己的死亡。這時，她忽然看見姊姊們在海浪間起伏。她們像她一樣蒼白，而且她們美麗的長髮已經不在風中飄拂了——長髮全都被剪掉了。

「我們已經把頭髮給了女巫，」她們說：「所以她願意幫助妳，救妳脫離今晚的死亡。她給了我們一把刀，在這裡，妳看這鋒利的刀刃！在太陽升起以前，你必須把它刺進王子的心臟。當他的熱血流到妳的腳上時，它們將能重新合而為一，長成一條魚尾巴。然後，再次成為人魚的妳，就能夠回到海裡我們的身邊了。這樣一來，在妳變成沒有生命的海水泡沫以前，仍然可以擁有三百年的壽命。趕緊吧！在太陽升起以前，不是他就是妳必須死。我們的老奶奶傷心得白頭髮都快落光了，就像我們的頭髮被女巫剪去一樣。殺死那個王子，回到我們身邊吧。快呀！快呀！

妳沒看見天上已經出現的紅光嗎？再過幾分鐘後，太陽就要升起了，到時妳就一定會死的。」說完這些話，她們發出了深深的嘆息，沉沒在海浪之下。

小人魚公主掀開了大帳上的紫色簾子，看見那位美麗的新娘就睡在王子的懷裡。她彎下了腰，在王子清秀的前額上輕吻了一下。她朝天空看了一眼，朝霞又變得更亮了。她看著那把鋒利的刀，又轉眼凝視著王子。他在睡夢之中喃喃唸著新娘的名字，他的眼裡心裡全都只有那位公主了。小刀在她的手中晃動著。就在這個時候，刀子被她朝著浪花遠遠地扔了出去，在它落下的地方，海水變成了紅色，而濺起的水花也殷紅如血。她把她那已經模糊了的視線，最後一次投向王子；然後便翻身越過舷牆跳入海裡，感覺自己的身體逐漸化成泡沫。

現在，太陽從海裡升起了。它的光芒柔和而溫暖地照耀在冰冷的泡沫上，小人魚公主並沒有感覺到死亡的手掌。在和煦明媚的陽光下，她看見周圍漂浮著千百個透明的美麗人形。他們是如此透明，透過他們還可以看見船上的白帆和天邊的紅色雲彩。他們的聲音是和諧的音樂，但卻如此飄渺，以至於沒有人耳可以聽得見；就正如也沒有任何人的眼睛看得見他們。他們沒有翅膀，

卻能像空氣一般輕盈地漂浮。小人魚公主發現自己的形狀變得跟他們一樣，還逐漸從泡沫中升起。

「你們是誰，我會往哪裡去？」她問。她的聲音聽起來就跟周圍的那些形體一樣，沒有世上的任何樂音可以與之比擬。

「我們是空氣的女兒，」他們回答：「人魚沒有永恆的靈魂，除非她贏得了某個人類的愛，她必須依靠自己以外的力量獲得永生。空氣的女兒也沒有永恆的靈魂，但是我們可以藉由善行來獲得。我們將飛往南部，那裡的有毒熱空氣將殺死人類，除非我們能帶去涼爽的微風。我們將透過空氣攜帶香氣，散布新鮮和有治癒力的靈氣。在三百年間，如果我們竭力做好一切善行，我們就能夠得到不滅的靈魂，享有人類永恆的幸福。妳，可憐的小人魚，也曾經像我們那樣全心全意地去做好事。妳的忠誠和遭受的痛苦已經把妳提升到精靈的境界，再透過做善事，三百年以後妳就可以為自己贏得一個永遠不滅的靈魂。」

小人魚公主抬起了她清澈明亮的眼睛，看向上帝的太陽，她的眼睛裡第一次充滿了淚水。

在那艘船上，所有的人又開始忙碌起來。她看見王子和他的新娘到處在找她。然後他們悲傷地凝望著海上的泡沫，就好像他

們已經知道她投入了海浪之中一樣。雖然他們看不見她，但她親吻了新娘的額頭，又給了王子一個微笑，然後和空氣的其他女兒們一起上升到飛揚在空中的玫瑰色紅雲裡。

「三百年過去以後，我們就會以這樣的方式上升到上帝的國度裡去。」

「我們甚至可以更早一點到達那裡，」一個聲音低語著：「我們能沒有形跡地飄到人們的家裡，去到有孩子的地方。如果我們每天都能找到一個討他父母歡心、值得父母疼愛的好孩子，上帝就會縮短考驗我們的時間。小孩看不見，也不知道我們什麼時候飄過他們的房間，但是，每當我們給予孩子一個肯定的微笑，上帝就會從那三百年裡減去一年。只不過，每當我們因為看到調皮淘氣的孩子而忍不住流出傷心的淚水，每一滴眼淚都會為我們的考驗延長一天的時間。」

故事賞析

安徒生把童話的高度提升到了一個新的境界。在他筆下有不少故事，尤其是〈人魚公主〉，將愛情刻畫得極其深刻，甚至暗示愛情與一個人能否獲得永恆的生命有關。故事主角人魚公主並

非人類，卻徹底地體驗了人類那種刻骨銘心的愛情。一開始，愛情的瑰麗動人心魄。故事裡，安徒生生動地描寫了人魚公主對王子一見鍾情的那一幕：「水手們在甲板上跳著舞，當王子出現在他們之間時，上百發煙火像火箭一般同時射向空中，整個天空瞬間明亮得宛如白晝。」如此明亮璀璨的景象與王子的身影彼此連結，在公主心中留下了不可抹滅的烙印。

　　回到海底的公主陷入無窮無盡的戀慕和思念。最後她終於鼓起勇氣前去與海女巫交易，永遠放棄了自己美妙的嗓音。更巨大的犧牲則是，一旦踏上這條追尋愛情的冒險之路，她將必須永遠揮別親人和自己所熟悉的世界，無法回頭。這一切的一切，都源於她對凡俗幸福和不滅靈魂的嚮往。

　　公主的選擇為她帶來了身分上的改變，也轉化了她與其他人的關係。此處以一種女性化的視角，淒愴地表現了那種彷彿獨自一人與全世界抗衡的特殊感受。家人們來看她，卻只能從不可跨越的鴻溝的另一端，表達對她的擔憂和關切。那道鴻溝與其說是人類與人魚的隔閡，倒更像是象徵了走進婚姻（或者愛情），女性要比男性冒著更大的風險。不過當然，現在這個時代不像從前了。

然而，安徒生想在這故事裡突顯的可能還有另一個主題，那就是關於信仰的追尋。表面上，公主在愛情的世界裡，因為種種不確定因素而在豪賭中一敗塗地，甚至賠上了自己的性命；但是故事並沒有停在這個悲傷的結局。他將公主的行為提升到更理想化的層次——她終究以愛王子甚於自己的無我精神，獲得了意想不到的救贖，並且也將在遙遠或不遠的未來獲得她所嚮往的新生命。

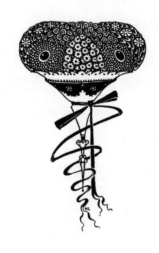

07
沼澤王的女兒

　　鸛鳥給自己的孩子們講了許多故事，全都是關於沼澤地和蘆葦岸的。這些故事一般來說，很適合小鸛鳥的年齡和見識。最小的那隻只要是聽到一點「嘰嘰喳喳」的聲音就會感到滿意，認定這是一個非常好的故事。不過，年紀較大一點的鳥兒，就需要聽些有點深度，或者至少是和家族有關的事了。

　　在鸛鳥之間流傳下來的兩個最古老的故事中，我們都知道那個關於埃及王子摩西的故事。他被自己的母親放在尼羅河上，卻被法老王的女兒發現了。公主是怎麼妥善地養大了他，他又是怎麼成了一個偉大的人物，還有他埋葬在哪裡到現在也沒有人知道，這些都是大家聽過的。

　　但是，另一個故事就不那麼廣為人知了，也許是因為它幾乎是一個家族故事。這個故事從上千年前的一隻母鸛鳥開始，口耳

相傳下來，每一代的說故事者又比上一代說得更好，所以現在我們所說的則是最好的版本。

　　說故事的那對鸛鳥夫婦，當時也參與了這個故事。他們住在靠近溫德席塞爾（Vendsyssel）的沼澤地，一個被他們當作夏日別墅的維京人木造城堡屋頂裡。如果要說得更準確點，那個地方在蘇林郡（Hjorring）附近，也就是日德蘭（Jutland）最北邊的史卡根（Skagen）那一帶。這一大片沼澤地至今仍在，我們可以在該地區的官方地理誌裡讀到。據說那個地方一度位於海平面以下，後來地勢升高了，現在則是一個延伸了幾英里的曠野。四周全被濕軟的草原、泥濘的沼澤地和泥塘包圍，上面佈滿了變成泥炭的青苔、野黃莓和矮小的樹木。那裡總是籠罩著一層霧氣，大約七十年前，甚至還有成群的野狼以那裡為巢穴。所以，把那裡叫作荒野沼澤可真是名副其實。那樣一大片的荒野，在一千年以前會有多少沼澤和湖水，想想那該是多麼荒涼淒楚呀！那時的蘆葦長得跟現在一樣高，有和現在一樣長長的葉子，還開著紫棕色、羽毛狀的花。樺樹在那時也同樣長出白色的樹皮，並且披蓋著細嫩的樹葉。至於生物，蒼蠅穿著的紗衣樣式不曾變過，而鸛鳥最喜歡的也還是白底襯著黑邊的上衣，和紅色的長襪子。

話說回來，人們那時的穿著和現在可就非常不同了。不過，如果他們之中的任何一個，無論是誰，不論是奴僕或獵人，只要從泥濘的沼澤地走過，他一千年前所遭遇的下場也絕不會跟今天有所不同。他一定會陷下去，一直陷落到人們所說的「沼澤王」那裡去；沼澤王所統管的是整個沼澤地下方的王國。儘管人們也稱他「流沙之王」，但我們更喜歡稱他為「沼澤王」，因為鸛鳥就是這麼叫他的。關於他統治的情況，人們知道的並不多，但那或許也不算是件壞事。

　　維京人的木造城堡就在沼澤地附近，靠近黎姆峽灣（Liim Fiord）。這城堡有不滲水的石窖、尖塔和三層樓。鸛鳥就在那個屋頂上築了一個巢，鸛鳥媽媽正坐著孵蛋。她很有把握這次的蛋全都能孵化出鳥寶寶來。

　　有一天晚上，鸛鳥爸爸在外面待到很晚才回來。而當他回到家的時候，又顯得非常慌張，像是發生了什麼要緊的事似的。

　　「我有一件非常可怕的事要告訴妳。」他對鸛鳥媽媽說。

　　「那麼你最好還是別說吧，」她告訴鸛鳥爸爸：「別忘了我正在孵蛋哪！如果你嚇到我，可能會對蛋帶來非常糟糕的影響。」

「但妳還是得知道這件事，」他堅持要說：「我們埃及主人的女兒，已經來到這裡了；她冒險走了這麼長的旅途，但是現在卻不見了！」

「她是仙女的後代，對嗎？快接著說，你知道我在孵蛋時，心裡可不能掛念著什麼事兒。」

「就是這樣，孩子的媽，就像妳所說的那樣：她一定是聽信醫生的話，相信這個沼澤地裡的花可以治好她父親的病。所以她就穿上天鵝的羽衣，和另外兩位也穿著天鵝羽衣的公主，一起飛來了。這兩位公主每年飛來北方一次，到這裡洗澡，好保持她們的青春。現在，她來了，卻不見了。」

「你的故事太過拖泥帶水了，」鸛鳥媽媽抗議：「這些蛋會感冒的，像現在這麼提心吊膽的，我可吃不消。」

「我的一雙眼睛可是一直盯著呢，」鸛鳥爸爸說：「今天晚上，我到那個蘆葦叢裡去，那裡的泥巴簡直快撐不住我了。那時，我看見三隻天鵝飛了過來。只是，她們飛的樣子似乎告訴我說：『不對！這些不是真正的天鵝！而是些不知道是什麼的東西穿戴了天鵝的羽衣！』妳和我一樣清楚，孩子的媽，這就是一種感覺到某個東西是真是假的本能。」

「我當然知道，」她說：「但是快跟我說關於公主的事吧，我已經聽夠天鵝羽衣的事了。」

「好吧，」鸛鳥爸爸說：「妳知道的，在沼澤地的中央有一個像湖的地方。如果妳從這裡把頭抬高一點，就可以看見它的一部分。就在那裡，在蘆葦和湖面的綠色浮渣之間，豎立著一個大大的赤楊木樹樁。那三隻天鵝飛了下來，拍著翅膀四面張望。其中一隻甩掉了她的天鵝羽衣，我馬上認出她就是我們老家埃及的公主。她坐在那裡，除了自己那頭長長的黑髮以外，身上什麼也沒有穿。我聽見她要另外兩位幫她看好她的天鵝羽衣，然後就下到水裡去摘那朵她在幻覺中看到、在那裡綻放著的沼澤花。另外兩位點了點頭，撿起那件被脫下的羽衣飛了起來。

「她們撿走那件羽衣打算做什麼呢？我心想。那下了水的公主一定也很想知道。只是，情況立刻變得很明朗，因為她們已經帶著那件羽衣飛到空中去了。

「『沉下去吧！』她們大喊著：『妳永遠不能再像天鵝那樣飛翔了，也永遠不能再見到埃及的土地了！但是妳卻可以永遠住在妳的沼澤裡。』接著，她們把那件天鵝羽衣撕成了上百個碎片，衣服上的羽毛就像雪花那樣飄散。然後，兩個奸詐的公主就

這麼飛走了。」

「為什麼？這真是太可怕了！」鸛鳥媽媽說：「我聽不下去了，不過快告訴我接下來怎麼樣了？」

「公主放聲痛哭了起來，她的眼淚滴落到赤楊木樹樁上。那個樹樁忽然動了起來，原來沼澤王本人就住在那塊沼澤地裡。我親眼看見那個樹樁翻轉，變得不再是樹樁了，它將兩條枝條狀的泥濘手臂伸向那可憐的女孩。她害怕極了，想從綠色的浮渣裡逃走，但那裡連我的重量都撐不住，更不用說是她了。她一沉下去之後，那個赤楊木樹樁也跟著沉了下去；結果，竟然是樹樁把女孩拖進了爛泥沼裡去。這時，又有一堆黑色的大氣泡冒了出來，這就是他們最後的跡象了。如今公主已經被埋進了荒野沼澤裡，永遠不能帶著任何一朵她找到的花回去埃及了。孩子的媽，妳要是看見當時那個情景，肯定會吃不消的。」

「你實在不應該在這個時候告訴我這麼一件事兒，我們的蛋可是會受到影響的。不過公主肯定可以自己找出辦法，別人也一定會幫助她。如果換成是我，或者是你，或是我們家的哪一隻鸛鳥，我們可就完了！」

鸛鳥爸爸說：「我打算每天都去那兒看看，是不是有什麼動

靜。」

　　很長一段時間過去了之後，有一天，他看到了一根綠色的莖從湖底冒出。當它長到表面時，生出了一片葉子來。後來，葉子愈長愈大，漸漸膨脹，然後長出了一個花苞。當鸛鳥在某個早晨又飛來時，他看見那個花苞在強烈的陽光下綻開了；花的中心躺著一個漂亮的小孩，一個看起來就像是剛從浴缸裡抱出來的小女嬰。這個小女嬰長得實在太像那位埃及公主了，所以鸛鳥爸爸認定她就是原來的那位埃及公主，只是又變回小嬰兒了。但是，當他仔細一想以後，就明白這個躺在睡蓮花心的嬰兒，一定是公主和沼澤王所生的女兒了。

　　「可不能讓她留在這裡呀，」鸛鳥對自己說：「但是我巢裡的小孩已經太多了；不過我倒是有個想法，那個維京人的妻子沒有任何小孩，而她常常期盼能有一個。人們總說小孩是由鸛鳥負責送來的；這一回我真的要送去了。我要帶著這個孩子一起飛往維京人的妻子那裡，她該會有多麼高興呀！」

　　鸛鳥爸爸從花心叼起那個小女嬰，飛到了城堡，用嘴在窗戶上啄出了一個洞，然後把寶寶放進維京人妻子的臂彎裡。然後，他就飛回鸛鳥媽媽身邊，把整件事的經過告訴他。他的小鸛鳥們

也很仔細地聽著他的話，因為他們現在已經大到有足夠的好奇心了。

「妳想想，公主並沒有死，」他告訴他們：「她還把小傢伙送到地面上來，然後我幫她找到了一個很好的家。」

「就像我一開始對你說的那樣，一切都會變好的，」鸛鳥媽媽說：「現在多想想你自己小孩的事吧。我們旅行的時節快到了，我也開始覺得翅膀有些發癢了；布穀鳥和夜鶯他們已經啟程了。我聽鵪鶉提起，很快就會有一波順風吹來；我們的孩子們會讓我們這次的飛行有面子，還是說，他們終究還太嫩了呢？」

到了隔天早上，維京人的妻子醒來，發現她的懷裡有一個可愛的孩子，她是多麼地驚喜呀。她又是親吻，又是撫摸著她；但是小嬰孩卻驚恐地哭叫起來，小胳膊和小腿不斷地亂打亂踢，樣子一點也不快樂，她一直哭到累了睡著為止。只是當她安靜地躺在那裡時，卻是任何人所見過的最漂亮的小孩。維京人的妻子這時感到滿心歡喜，幸福無比。她對眼前的一切充滿了希望，並且確信自己的丈夫和他的手下們有一天會像這個小傢伙一樣，出其不意地回來。所以，她把自己和整個家都打理好，備妥一切，好迎接她的丈夫返家。那幅五彩長掛毯被掛了起來，那是她和她

的女僕們繡的，上面有奧丁、托爾和弗雷亞的神像。奴隸們擦亮了那些裝飾牆壁的老盾牌，還為之拋光；坐墊被放在長凳上；堂屋中央的壁爐裡也堆滿了乾燥的木材，以便隨時可以生起火來。維京人的妻子努力做家務，忙得筋疲力盡，所以夜晚睡得十分香甜。

當早晨來到，她從夢鄉裡醒來，卻驚恐地發現她的小孩失去了蹤影！她跳起身，點燃了松枝，在房間裡仔細尋找。結果，她在床尾發現的卻不是可愛的小孩，而是一隻又大又醜的青蛙。她驚駭地找來一根粗棍子，準備打死這個怪東西，但是青蛙卻以一種奇特而悲傷的目光看著她，讓她不忍下手。當她想再繼續找尋小孩時，青蛙忽然發出了一聲低沉而悲傷的呱呱聲。這讓她靈機一動，立刻轉身從床邊走到窗邊，推開了窗戶。初升的太陽放射出的光線照射在床上那隻大青蛙身上。忽然間，青蛙的寬嘴漸漸縮小成又小又紅的嘴唇；四條腿又動又伸，長成了最精緻的四肢；然後，她從一隻趴在那裡的醜陋青蛙變成了一個小孩。

「這是怎麼回事？」她嘀咕道：「難道是一場噩夢嗎？我可愛的小天使明明躺在這裡呀。」她親吻了她，又熱切地把她摟緊在自己的胸口；但是這孩子卻不斷掙扎，像一隻小野貓張口亂

咬。

　　這一天和第二天，她的維京人丈夫都沒有回到家。雖然他已經在歸途中了，但是天正刮著逆風；只是，向南邊刮的風，卻反而能讓鸛鳥們的飛行順利。一個人的順風往往是另一個人的逆風。

　　就在這幾天幾夜裡，維京人的妻子終於弄清楚了小嬰兒是怎麼一回事。原來她是受到了一種魔法的控制。在白天，她像精靈一樣可人，卻擁有刁蠻的性情。到了晚上，恰恰相反，她變成一隻醜陋的大青蛙，卻安靜又哀戚，帶著一種黯然的眼神。她身上有兩種截然不同的性格輪流變換：鸛鳥送來的這個小女孩在白天會有母親的樣貌，卻帶著她父親的脾氣；但是到了晚上，則恰恰倒過來，她的外表顯示出父親的模樣，內在則顯示出母親溫柔的心靈。誰能把她從這個強大的魔法中釋放出來呢？維京人的妻子為此又擔心又難過，她的一顆心全在這個小傢伙身上。

　　她心想，丈夫回家以後，她可不能把這件奇怪的事告訴他，因為他一定會遵循習俗，把這個可憐的孩子放在大路上，任人隨意抱走。這位善良的妻子絕對不忍心這樣做，於是她決定只能讓丈夫在白天看見孩子。

這一天早上，天才剛亮，屋頂上就響起了鸛鳥們拍動翅膀的窸窸窣窣聲。前一天夜裡，已經有一百多隻鸛鳥集合在那裡休息了，現在他們準備要動身往南飛了。

「所有丈夫們都準備好！」鸛鳥們喊著：「所有婦女和孩子們也準備好！」

「多麼輕快呀！」小鸛鳥們躍躍欲試：「我從頭到腳渾身發癢，就好像肚子裡裝滿了活青蛙似的。我們終於要到外國旅行囉！」他們的父母親喊了起來：「緊緊跟好隊伍，不要多說話，免得對你們的肺不好。」

鸛鳥們全都飛走了。

在這個時候，荒原上響起了號角聲，因為維京人與他的手下上岸了。他們滿載著從蓋爾（Gaelic）海岸帶回來的戰利品，正如在不列顛，驚恐的人們所唱的：

「請將我們從野蠻的北歐人手中解救出來吧。」

歡樂的喧囂聲現在隨著這些返鄉的人回到了沼澤地維京人的城堡！大夥兒將一大桶蜂蜜甜酒搬進大廳，點燃成捆的柴火，還端進宰殺烤好的好幾匹馬兒，讓大家痛快吃喝一番。多麼讓人盡興的盛會呀！祭司將馬的熱血淋在奴隸們身上，做為向奧丁神致

維京人與他的手下上岸了，他們滿載
著從蓋爾海岸帶回來的戰利品。

敬的祭禮。火焰熊熊燒著，屋頂煙霧繚繞，煙灰從房梁上落了下來，但他們也早已習慣了。許多客人受邀而來，個個獲得了精美的禮物。從前彼此之間的仇怨和欺詐，也都化解忘懷了。他們全都喝了個碗底朝天，然後把啃過的骨頭扔在彼此臉上，不過這反而是一種互有好感的表現。他們的歌手——某種吟遊詩人——同時也是與他們一同戰鬥的夥伴，知道自己應該唱些什麼。他為他們獻上一首歌，頌揚大夥兒在戰鬥時的英勇和不凡的戰績。歌曲中的每一段都重複了相同的副歌：

「財富、朋友、甚至自己終將消亡，

唯獨光榮的名字，永垂不朽！」

大夥們敲打著盾牌，或用刀柄和指關節敲打著桌子，發出了宏亮的聲響。

維京人的妻子坐在寬廣大廳裡的高椅子上。她穿著一襲絲綢連衣裙，戴著金臂環和琥珀珠項鍊，這是她最美的一套衣服。歌手也在歌曲裡歌頌了她，還唱到她為她那富有的丈夫招來了無數珍寶。她的丈夫因為那個小孩天使般的容貌而無比歡喜；小孩的狂野習蠻卻更是討他的歡心。他說，這小女孩長大以後能成為一個英勇的女戰士；就算有人伸出手來，快刀削去她的雙眉來取

樂，她也能夠泰然自若而不退縮。

　　蜂蜜酒桶被倒空了，另一個滿的酒桶被滾了進來，但很快也被喝乾了。這些傢伙可是能喝很多酒的。儘管他們都很熟悉這個古老的諺語，諺語說：「牲畜知道什麼時候該離開牠們的草場，但一個傻蛋卻從來弄不清自己的胃能裝多少東西。」

　　沒錯，他們都知道得非常清楚，但人們總是知道對的事，卻做出錯的事。他們也知道：「就算是受歡迎的客人，若在別人的房子裡坐得太久，也會變得令人討厭。」但是他們卻還是賴著不走，因為肉和蜂蜜酒可是好東西，何況他們是一群快樂的夥伴呀。那天夜裡，奴隸們睡在溫暖的灰燼上，舔著在油裡浸過的手指。哦，是呀，那些可是光輝的日子。

　　那一年，儘管秋天的風暴已經開始咆哮，維京人們依然再次出征了。維京人和他的夥伴們要前往不列顛的海岸——「不過是跨過一灘水而已。」他說。他的妻子和小女兒則待在家裡。不久以後，這位養母變得喜愛那隻帶著溫柔眼神和常發出嘆息的大青蛙，更勝於那個對任何靠近她的人又抓又咬的漂亮女孩。

　　秋天濕冷的濃霧湧進灌木林和荒野，他們稱它為「啃咬蟲」，因為它啃掉了林間的樹葉。「被剝下的羽毛」，他們這樣

稱呼雪花，它紛亂地飄來飄去，因為冬天就快來臨了。麻雀佔據了鸛鳥的窩，還拿前屋主當話題閒磕牙，就像一般的房客那樣。那兩隻鸛鳥和他們所有的小孩現在到哪裡了呢？

　　鸛鳥現在已經到了埃及，在那裡，冬天的太陽照耀得像這裡的夏天一樣溫暖。羅望子和金合歡花在埃及遍地盛開，穆罕默德的新月在所有清真寺的圓頂上閃閃發光。一對對長途跋涉後的鸛鳥，正棲息在細長的尖塔上。整群的鳥兒紛紛在古老寺廟的圓柱上，在廢棄城市裡那些倒塌的拱門上築了巢。海棗樹展開了它寬大的枝葉，就像是日頭下的遮陽傘。灰白色的金字塔在沙漠乾淨的空氣裡，清晰地顯出它們的輪廓來。在那裡，鴕鳥用他們的雙腿兜著圈子跑，獅子則用那雙寧靜的大眼睛，盯著半埋在沙子裡的大理石人面獅身像。尼羅河的水位已經下降，河床上到處是青蛙。這對鸛鳥而言，是大地上最美妙的景象；而小鸛鳥則懷疑這些只是幻影，因為一切都太美好了。

　　「看哪，在我們這個南方的家園，一切就是這樣子的。」鸛鳥母親這樣說。小鸛鳥們的小肚子立刻餓了起來。

　　「還有更多東西可以看嗎？」他們問：「我們是不是還要繼續往內陸飛呢？」

「沒有更多值得看的東西了，」鸛鳥媽媽說：「飛過這片肥沃的三角洲後，便是茂密無邊的森林。在那裡，樹木與多刺的藤蔓彼此交纏在一起，只有大象才能用他們巨大而粗重的腳開出一條路來。那裡的蛇對我們來說太大吃不了，而蜥蜴又太靈活抓不著。再過去就是沙漠了，如果吹起微風，就會把沙子灌滿你的眼睛；如果刮起了風暴，還會將你埋進沙丘裡，那可就太糟了，還是這裡最好！有的是青蛙和蝗蟲，我要待下來，你們也得在這裡待下來。」

所以他們在這裡住了下來。鸛鳥爸媽坐在尖塔頂上的巢裡休息，但還是保持著他們平常的習慣：忙著整理和清潔大家的羽毛，在紅色的長襪上磨尖自己的嘴。他們不時伸長了脖子，非常慎重地彼此打招呼；然後優雅地抬起頭來，露出高聳的前額、光滑又柔軟的羽毛和明亮的棕色眼睛。年輕的女鸛鳥端莊地漫步在濕蘆葦中，瞧一瞧別的年輕鸛鳥，交些新朋友。每走三步，他們就會吞下一隻青蛙，或者用尖嘴啣著一條小蛇甩來甩去。吃下這東西能讓他們的身體長得巨大，而且青蛙和小蛇嚐起來很美味。

年輕的單身鸛鳥開始爭吵起來，用翅膀彼此拍打，甚至用尖銳的嘴互啄，直到啄出血來。是的，然後這一對年輕的男女鸛鳥

就這麼訂了婚，另一對年輕的鸛鳥也訂了婚。這些男女鸛鳥開始成雙成對，因為這是他們生活唯一的目的。於是他們建立了自己的巢穴，開始了新的爭吵；因為在炎熱的國家裡，誰都容易熱得頭昏腦脹的。但那裡總是歡樂的，特別是對老鸛鳥而言，他們認為自己的小孩做什麼都討人喜歡。太陽每一天都散發著光芒，隨處都有東西可吃；沒有什麼需要忙的，只管盡情享受。但是，他們在埃及的主人——他們這樣稱呼他——在輝煌的宮殿裡，可就沒有這些愉快的事了。

這位尊貴無比的主人正躺在他的床榻上，在金碧輝煌的大廳裡，他像一具木乃伊，僵硬地伸直了四肢。親信和僕人們都包圍著他；雖然他還沒有死，但很難說他還是活著的。那朵來自北國沼澤能療癒他的花，無法被最愛他的人送回來了。他那美麗的小女兒，穿著天鵝的羽衣飛過千山萬水，永遠無法從遙遠的北方回家了。

「她已經死了，」另外兩位公主回來後這麼說。她們編織了這麼一個說法：「我們三人在空中飛的時候，有個獵人看見，向我們射出了一支箭。箭射中了我們的同伴——我們最年輕的妹妹。所以，她就像一隻垂死的天鵝，唱出了告別的歌，緩緩地摔

落到森林的一座湖裡去了。我們在岸邊埋葬了她，就在一棵低垂的白樺樹下。不過，我們也為她報了仇。有隻燕子在那獵人的茅草屋簷下築巢，於是我們在燕子的翅膀下綁了一把火，放火將屋子點著；火焰中，那獵人就在屋子裡被燒成灰燼了。熊熊的火光映照到湖邊，照亮了白樺樹下她所躺臥的那一方土地。哀哉！她再也無法回到埃及來了。」

她們兩個人都哭了。但是，當鸛鳥爸爸聽到這個故事時，他從嘴裡發出了咯咯聲，「全都是瞎編的謊話！」鸛鳥爸爸說：「我真巴不得用我的嘴，啄穿她們的胸口。」

「那還不把你的嘴給啄斷麼，」鸛鳥媽媽說：「到時候你的樣子才好看呢！先想想你自己吧，再想想你自己的家人，旁人的閒事跟我們不相干。」

「不過，明天我還是要飛到那個空曠的圓頂上待著，到時候，所有的智者和學者都會來商量那個病人的情況；也許他們能琢磨出什麼正經的道理。」

智者們聚在一起，把話說得又大聲又冗長，但是鸛鳥爸爸聽不懂這些話的意思。而且，這些話對病人那身陷沼澤的女兒來說，也沒有任何好處。不過，他們的話聽聽倒也無妨，因為在這

個世界上有的是人說。

　　或許，不如就從頭說起，講講更早之前埃及那兒發生了什麼事。那樣，我們就會知道整個故事，或至少跟鸛鳥爸爸知道得一樣多。

　　「愛能產生生命，最高貴的愛則產生最美好的生命。只有透過愛，才能將生命帶回到他身上。」這個說法先前智者們就提過了，現在他們又充滿睿智地好好說了一次。

　　「這是一個美妙的想法。」鸛鳥爸爸很快就同意了。

　　「我不太明白，」鸛鳥媽媽在聽完丈夫的轉述後卻這樣說：「不過這也不能怪我，是那句話太玄了點。但不管怎麼樣，我還有其他事情要傷腦筋呢。」

　　智者們談論著各種不同的愛：愛人之間的愛，父母和孩子之間的愛，植物對陽光的愛，還有當陽光親吻土地時，使種子萌芽的愛。所有的這些事被講解得非常深奧，鸛鳥爸爸明白自己不可能聽懂，更別說是轉述了。不過，他們的討論讓他想了許多。第二天，他單腳站立著，一整天半閉著眼睛想了又想。這麼多的學問讓他腦袋沉重。

　　但是，他能弄明白一件事。他了解到無論貴賤，每一個人都

打從心底表示，對成千上萬人而言，對整個國家而言，那個人生了病，而且沒有康復的希望，是件極大的災難。如果病人康復，就能為人們帶來快樂，讓每個人感到幸福。

「但是可以治癒他的那種花，到底長在哪裡呢？」大家都在問。為了找出答案，他們研讀學術手稿、觀察天空的星相，並且分辨天候和氣象。所有五花八門的知識都考察遍了，他們用盡了一切智慧和知識，最後全指向原來的那個說法：「愛能產生生命──它可以帶回父親的生命。」雖然他們也不完全理解其中的道理，但他們信從它，還把它寫成藥方。「愛能產生生命。」話雖好，但這個藥方該怎麼開呢？對他們所有人來說，這是一道難題。

他們最終一致同意的結論是，解方必須來自全心全意愛著父親的公主。他們琢磨出一種可以讓她拯救父親的辦法。他們讓公主在新月落下時，前往沙漠，拜訪大理石人面獅身像。在人面獅身像的基座處，她得把封閉了入口的沙堆撥開，然後沿著一條長長的通道，通向大金字塔的中心。一位最偉大的古代法老就在那裡，他被裹成了一個木乃伊，躺在有著無數珍貴陪葬品的棺槨裡。

她被告知要把頭靠在木乃伊上，它就會透露哪裡可以為她父親找到重拾生命和健康的良藥。她做了這些之後，一個夢境降臨了，她看見在丹麥人的土地上，有一大片沼澤荒地。在黑暗深沉的水底下，她可以用胸脯觸碰到一朵蓮花；而當那朵花被帶回到她父親的家中，就可以治癒父親了。正因為這樣，她才會穿上天鵝的羽衣，從埃及出發前往那片沼澤。

　　這些全都是鸛鳥夫妻知道的事，現在我們才了解了事情的經過。而且，我們還知道，是沼澤王將她拖進了沼澤，而她的家人則以為她已經死了。只有他們之中最明智的人說出了和鸛鳥媽媽一樣的話：「她會找到出路的。」所以，他們等著要看事情究竟會如何，除此之外，也沒有更好的事可做了。

　　「我倒是想把那兩個黑心公主的天鵝羽衣摸走呢。」鸛鳥爸爸說：「那樣，她們至少就不能再到沼澤地那裡去做更多壞事了。我要把那兩件羽衣藏在北邊，說不定以後能發現它們的用處。」

　　「你打算把它們藏在哪裡呀？」鸛鳥媽媽問。

　　「在我們靠近沼澤荒地的巢裡，」他說：「回去的時候，我和我們的兒子可以把羽衣帶走。如果那東西太重，那麼我們就在

路上找個地方把它們藏起來，等下一次旅行再帶回去。雖然一套天鵝羽衣對公主來說已經夠了；不過有兩件的話似乎更好。在北邊，有多一點衣料總是好事。」

「沒人會感激你的，」鸛鳥媽媽對他說：「但當家的是你，除了孵蛋那段時間外，別的就讓你拿主意吧。」

於此同時，在沼澤荒地附近的維京人城堡，也就是鸛鳥明年春天要飛回去的地方，那個小女孩已經被取了一個名字——她被叫作黑爾嘉，不過這個名字對一個有著火爆脾氣的漂亮女孩來說，未免太柔和了。隨著時間過去，她的脾氣愈發不可收拾了。這幾年之間，鸛鳥們經過了幾回往返：秋天來到尼羅河畔，春天回到沼澤荒地，而小女孩也長成了一個大女孩。在人們不知不覺中，她已經是個十六歲的美麗姑娘了。儘管外表柔美，但她的內心卻比多數人，甚至是洪荒時代的人，都更加野蠻和殘酷。

為獻祭而宰殺馬兒時，她喜歡用那雙雪白的手潑灑那股紅又冒著熱氣的鮮血取樂。在這樣的野蠻活動裡，她甚至會熱切地把祭司用作牲禮的黑公雞雞頭一口咬下。同時，她還一本正經地對養父說：「如果哪一天，敵人你在睡覺時悄悄到來，把你頭上的屋頂推倒，我也不會喚醒你。我甚至聽不見倒塌的聲音，因為

我的耳朵自從幾年前被你搧了耳光以後，還嗡嗡作響到現在。沒錯！我永遠不會忘記這件事。」但是維京人並不相信她這些話是認真的。他也像其他人一樣，被她的外表迷惑了，不知道黑爾嘉身體和靈魂日夜交替變換的事。

她騎著一匹沒有裝上馬鞍的馬盡情馳騁，就好像馬蹄長在她身上似的。馬兒無論多麼飛快地奔馳，也不能把她摔下來；即使她的馬與其他的野馬互咬，她也完全不當一回事。好幾次，在維京人的船隻快靠岸時，她會穿著衣服從懸崖上跳進海水的波濤裡，游上前去迎接他。為了製作一把弓，她還剪去秀髮上最長的辮子，並把它搓成一股弦。「用自己的東西做出來的工具最是好用！」她那麼說。

以那個時代的標準來說，維京人的妻子已經是一個有著堅強意志的人；但是跟女兒比起來，她只能算是軟弱膽怯的。而且她知道，有一個邪惡的魔咒正控制著這個孩子。

有時候，當養母站在陽台上或進入庭院時，黑爾嘉會像純粹為了惡作劇似的，坐在井口邊亂搖亂晃；然後翻身滾進那又深又窄的井裡。由於青蛙的天性，她能潛進水裡半天，最後又像一隻貓那樣，濕淋淋地回到主廳，背後還留下了許多樹葉散落一地。

不過，有件事能讓小黑爾嘉行為變得收斂，那就是昏暗的傍晚。此時的她，安靜而謹慎，既溫順又聽話。某種內在的力量，讓她變得更像自己的親生母親。每當太陽一落下，她的外表和性格就會開始起變化；於是，她安靜、悲哀地坐著，收縮成一隻青蛙的形狀。確實，她的身體比一般青蛙大得多，也因此更加難看。她看起來簡直像個長著青蛙腦袋的可憐侏儒，手指上還有蹼。她的眼睛裡有一抹憂鬱，她不能說話，只能發出空洞的呱呱聲，就像是個作了噩夢而啜泣的小孩子。此時，維京人的妻子就會把這小東西抱到腿上，凝視著她那雙悲傷的雙眼，忘記了她醜陋的樣子。

　　她經常說：「我真寧願妳永遠是我可憐的青蛙孩子；因為那隱藏在美麗外表底下的妳更令人害怕。」

　　然後，她會在樺樹皮上寫下一些驅魔怯病的符文，把它扔在那個可憐的女孩身上，只是這並沒有什麼效果。

　　「誰也不會相信她曾經那麼小小一個，就躺在一朵睡蓮裡。」鸛鳥爸爸說：「現在她可長大了，就跟她那埃及母親一模一樣，不過我們再也沒能看見她了。她沒有像妳和那些智者預言的那樣找到出路。年復一年，我往返沼澤荒地許多回，卻沒有發

現她還活著的跡象。我還可以告訴妳，每年我都比妳早幾天來到這裡，修理我們的巢，又安排好其他的事。然後，我還會花一整夜的工夫飛過湖面，像貓頭鷹或蝙蝠那樣，只是這麼做一點也無濟於事。

「先前我和兒子們費了不少心血才運過來的那兩件天鵝羽衣，也完全找不到用處。它們已經被墊在我們的巢底下許多年了；只是，如果發生火災把這座木頭城堡燒了，這兩件羽衣也會跟著毀了。」

「那麼，我們這個漂亮的巢也會完蛋的，」鸛鳥媽媽提醒他：「只是，比起這事，你還更在意天鵝羽衣和你的沼澤公主呢。有時候我想，你還真該鑽到泥巴裡去和她待在一塊兒。打從我孵了我們的第一窩孩子以來，你就一直在說這事。對孩子們來說，你真是一個最糟糕的父親。我只希望那個野蠻的維京女孩不會朝著我們和孩子們的翅膀射上一箭。她瘋起來總是不知瞻前顧後的。她難道不該想想我們家在這兒的時間可比她長多了。而且，我們每年也依照慣例付了該付的租金——一根羽毛、一顆蛋和一個鸛鳥小孩。難道你以為每當她在附近時，我會敢在院子裡閒逛嗎？我在埃及一向是怎麼樣的呢，我可是被每個當地人當作

好朋友，還能讓我把頭伸進每個鍋子和水壺裡探一探呢。真受不了，我坐在這裡為了她滿肚子氣——那個臭丫頭。還有你，你當初就應該讓她躺在睡蓮裡一了百了。」

「妳可不像自己所說的那樣鐵石心腸，」鸛鳥爸爸說：「我比妳還懂妳自己呢。」說完，他跳了起來，重重地揮了兩下翅膀，把腿向後一伸，便飛走了，簡直可說是沒怎麼搧動翅膀就飄走了。飛出去相當遠以後，才又用力揮了一下。這時，陽光照在他的白色羽毛上熠熠生輝。他的頭頸昂然挺立，顯示出他的敏捷和優雅。

「畢竟，他是所有鸛鳥中最體面的一個，」鸛鳥媽媽說：「但這話我可不會當著他的面說。」

那個秋天，維京人早早就帶著他的贓物和俘虜回家了。俘虜當中有一名年輕的基督教牧師，他是一個反對北方異教神祇的傳教人士。不久後，在大廳裡和臥室裡，人們便經常說起那個從南方蔓延開來的新信仰，它已經在聖徒安斯加里斯（St. Ansgarius）的努力下，傳播到斯里（Slie）最北邊的赫德比（Hedeby）去了。即使是年輕的黑爾嘉也聽說了那個關於基督的信仰——祂愛著人類，甚至犧牲自己的生命去拯救人類。但是，對她而言，就

像俗話所說的，這類的話是一隻耳朵進，一隻耳朵出。愛是無意義的廢話；她只有在那段被緊鎖在房間裡的時刻才懂得一點點，那時，她成為了一隻蜷縮地坐著的青蛙。不過，維京人的妻子也聽到了這些，唯一真神兒子的傳說故事倒是讓她有種莫名的感動。

遠征歸來之後，維京人和其他人談論著由石頭砌成的華麗教堂，它們是為了崇拜這種神聖的愛而建立的。他們帶回的戰利品中，還有兩個黃金鑄造的容器，每個都散發著特殊的香氣。它們是香爐，基督教的牧師在不流生血的祭壇前搖晃它們；同時把麵包和葡萄酒變成基督的血肉，賞賜給世世代代的所有人。

那個年輕的牧師手腳都被捆上樹皮條，然後被投入了維京人城堡的陰暗地窖裡。維京人的妻子說，他簡直就像巴爾德神（Balder）那樣俊美。她為他感到遺憾；但年輕的黑爾嘉卻說，應該拿粗繩子捆住他的腳，然後再把他綁到野牛的尾巴上。

「然後，」她又說：「我還要放狗去咬他。喔，看野牛和他跑過泥潭和荒地才叫有趣，狗若是跟在後面追就更有趣了。」

但是，對於這個敵人和藐視眾神的人該怎麼死，維京人另有安排。他們計畫在樹林裡的大石磐上，將那個牧師當作犧牲品獻

給神明。這將是那裡第一次拿活人祭神。

　　年輕的黑爾嘉請求，讓她親自把這個犧牲者的血灑在神像和集會者身上。她剛磨利一把明晃晃的尖刀，此時一頭兇猛的大狗——維京人家裡多的是這種狗——正好跑過她身邊，她就把刀子捅進了大狗的肚子，「不過就是為了試試這把刀子利不利。」她說。

　　維京人的妻子悲戚地看著這個狂野又惡毒的女孩。當夜幕降臨，女孩美麗的形體和兇惡的性情改變了以後，母親對她訴說了內心深處的憂愁和悲哀。這隻外形古怪的醜青蛙用她陰鬱的棕色眼睛凝視著她，仔細傾聽著她的每一句話，好像完全能聽懂的樣子。

　　「我從來沒有把我因為妳而感受到的痛苦，向我丈夫吐露過半個字。」維京人的妻子說：「我的心充滿了悲傷，比我所能想像的還要多更多，一個母親的愛是如此地大，但這些愛卻從來沒能夠進入妳的心裡。妳的心就像一塊寒冷而潮濕的沼澤地，妳到底是從什麼地方來到我家的？」

　　這個可憐的怪物此時忽然顫抖了起來，這些話似乎觸動了連接她靈魂和軀體的某個隱藏紐帶。大顆的淚珠在青蛙的眼眶中打

轉。

　　「妳遭遇苦難的日子就快到了，」維京人的妻子說：「對我來說，那也將會是災難性的時刻。還不如當初在妳還小的時候，就把妳放在那條大路旁，讓寒冷的夜風吹著妳永遠睡去。」維京人的妻子流下悲傷的淚水。在憤怒和痛苦中，她撥開那張懸掛在房梁上、隔開不同房間的毛毯，走了出去。

　　皺巴巴的青蛙瑟縮在角落裡。四周是一片深沉的寂靜，但那寂靜卻不時被她將近窒息的嘆氣聲所打斷。在痛苦之中，一種新的生命彷彿自她的內心深處萌生出來。她向前挪動了一步，側耳傾聽，然後又再次挪向前，用她笨拙的手握住了那根橫在門上的沉重門閂。輕輕地，她拉開了門閂；又靜靜地，拔起了插銷。她拿起掛在前廳裡那盞閃爍的燈，某種堅強的意志似乎給了她力量。她把鎖住地窖門的鐵銷抽了出來，偷偷爬進囚房裡。那位牧師此刻是睡著的，於是她用冰冷濕黏的手摸了摸他。他一睜開眼睛看到身旁這隻猙獰的怪物，不禁打了個冷顫，就像是看見了一個邪惡的妖怪。她拔出刀，割斷了捆住他的繩索，並示意要他跟著她走。

　　牧師口中唸出幾個聖名，並用手劃了十字架。但是這個生物

並沒有改變她的形狀，於是，他又唸了《聖經》中的話：

「眷顧貧窮的有福了。他遭難的日子，耶和華必搭救他。」
他接著又問道：「取了動物的形體，內心卻是如此溫柔仁慈的你
到底是誰？」

這個青蛙外形的女孩繼續示意要他跟著她走。她領著他走
在無人的長廊，藏身於窗簾之後，一直走到馬廄。她指了指一匹
馬，當牧師跳上馬後，她也跟著跳到了他的前面，緊緊地抓住馬
鬃。囚犯明白她的意思，趕忙策馬飛馳，沿著一條他永遠不可能
自己找到的小路，朝著曠野急奔而去。

他忘記了她醜陋的形體，因為他曉得上帝的恩典和仁慈能夠
以奇特的形式顯現。當他祈禱並高唱讚美詩時，她顫抖了起來。
難道是祈禱和讚美詩在她身上發生了作用？還是那黎明來臨前的
寒意使她發抖呢？現在的她究竟有什麼感覺呢？她抬起了身子，
想要停下馬跳到地面上去；但是那位牧師卻用盡全力抱住她，同
時高聲唱起聖歌，似乎期望聖歌能夠解除那個以青蛙的形體束縛
她的咒語。

馬奔馳得更加狂野了。天空出現了紅暈，太陽的第一縷光芒
穿破雲層。在陽光的照射下，她的形體發生了變化。她又是那個

殘忍又惡毒的美麗少女了。當牧師發現自己抱著的青蛙竟成了一個妙齡女子時，感到驚駭莫名。他停下了馬，心想這又是魔鬼使出的新伎倆。年輕的黑爾嘉也跳下了馬，只是她身上穿的衣服太過短小，只能遮到她的膝蓋。她從腰間抽出了鋒利的短刀，打算攻擊那個不知所措的牧師。

「我要給你一點顏色瞧瞧，」她尖叫著：「讓我劈了你！把刀刺進你的心臟！你這個蒼白得像稻草、臉上沒有鬍鬚的奴隸！」

她傾身上前，打算與他進行一場你死我活的惡鬥；只是，似乎有一股看不見的力量增強了那位牧師的力量。他制住了她，連一旁的老橡樹也幫他的忙——它在地面上突出那些樹根纏住了女孩的腳。就在他們的附近，正好有一道流動的清泉；於是，牧師取了些泉水潑灑到黑爾嘉的脖子和頭臉，命令那不潔的惡靈離開她，並以基督教禮儀給予她祝福。只是，除非有信心從她內在自發地湧出，否則洗禮的泉水也無法發生作用。

即使在這樣的情況下，牧師還是奮力地抵抗著她體內的邪惡力量，那個比身為人類的他更為強大的力量。他的行動最終似乎降伏了她。她的手臂垂在身體兩側，並以驚異的目光和慘白的

面孔看著這位奇特的男子，把他視為一位知曉一切奧祕和法術的強大魔法師。他反覆唸誦著那些古老咒語，在空中比劃著神祕符號。若在平時，就算有人在她面前晃動一把鋒利的刀子或斧頭，她也不會有一絲膽怯；但是現在，當他在她的眉間和胸口劃著十字架時，她卻顫抖起來。於是她像一隻溫馴的小鳥那樣坐著，軟弱地垂下了頭。

接著，他溫和地對她述說了前一晚她為他做的善行。那時的她以醜陋的青蛙外形來到他跟前，為他割斷了繩索，把他引向光明和存活的道路。他說，她所受到的無形束縛比他之前所受到有形束縛更加強大；但他會把她從黑暗中引向永生，像她為他做的那樣。他要帶她去赫德比的聖徒安斯加里斯那裡；在基督徒的城市裡，她身上的強大咒語將被解除。但是當他騎上馬，卻不願讓她坐在自己的身前。

「妳必須坐在我背後，」他說：「因為妳那惑人的美貌有一種黑暗的力量，使我懼怕；但是在神的幫助下，我將贏得勝利。」

他屈膝熱切又虔誠地祈禱。這時，寂靜的森林好像變成了一座神聖的教堂，被他的禱告淨化了。鳥兒們也開始唱歌，好似成

他屈膝熱切又虔誠地祈禱。

了新信眾。氣味芬芳的野薄荷，猶如替代了薰香和龍涎香，而這位年輕的牧師引述起《聖經》中的話：

「要照亮坐在黑暗中陰暗角落裡的人，把我們的腳引到平安的路上。」

當他談論著永恆的生命時，曾經背負著他們在野地中奔跑的馬兒靜靜地站在一旁，扯咬高聳的黑莓灌木叢，讓那些成熟多汁的漿果落進黑爾嘉的手中，像是為她獻上了食物。

她讓牧師將自己抱到馬背上。她坐在那裡，像一個精神恍惚的人，既未清醒，也未昏睡。牧師又取來兩根綠色的樹枝，將它們綁成十字架的形狀；又將它高高舉起，騎著馬在樹林中穿行。只是，前方的樹木愈來愈茂密；直到後來，路徑完全找不到了。

野生的黑刺李樹叢擋住了他們的去路，逼得他們只好繞過這些樹叢。泉水不流入小溪，卻匯流成一窪一窪的池塘，也逼得他們不得不繞過去。但是，森林中清涼的微風帶給他們清新的感受和新的力量；那些出於信心和基督之愛，以及渴望將這個迷途的靈魂領回光明生活而說出的溫柔話語，同樣也產生了力量。

人們說，雨水可以將最堅硬的石頭滴穿，海浪可以將岸邊最粗糙的岩石磨圓。那滴在黑爾嘉心上的憐憫甘霖，也將軟化和磨

光她天性中的堅硬和粗糙。只是，沒有任何改變是明顯可見的，甚至就連她自己也沒有察覺。或許，當那埋在土裡的種子接收到雨水和溫暖的陽光時，也不知道自己已經獲得了一股足以發芽生長的新力量。

同樣地，當母親的催眠曲不知不覺印在孩子的心中時，孩子會跟著牙牙學語，而不明白它們的意思。但是後來，這些聲音會逐漸在他的心中成形，它們的意義也會愈來愈清楚。所以，上帝治癒的話語也開始在黑爾嘉心裡留下創造性的力量。

他們騎著馬走出了森林，穿越一片荒野，又走進了另一個沒有路徑的森林。到了黃昏的時候，忽然有一夥強盜現身在他們眼前。

「你是在哪裡拐到這個美麗的小姑娘的？」強盜大聲嚷著。他們擋住了馬兒的去路，又把他們給拖下馬來。

他們被包圍住了，牧師除了從黑爾嘉那裡得到的那把刀子外，沒有其他的武器，但是他現在試圖保護她。當其中一個強盜朝他劈來一記斧頭時，牧師閃過了，但斧頭卻砍在馬的脖子上；馬立刻噴濺出血來，然後倒了下去。黑爾嘉忽然從恍惚的狀態中驚醒過來，她急忙跑上前去，趴在垂死的馬兒身旁。牧師站到她

的身前護衛著她，但一個強盜抬起大鐵鎚，猛烈地朝牧師的頭頂砸了過去，把他打得當場腦漿和血液四濺，立即倒地死去。

　　強盜們抓住了黑爾嘉的白嫩手臂，只是這時已經是日落時分，隨著太陽的最後一道光線消失，她又變成了青蛙的樣子。她的半邊臉張著一個白中帶綠的大嘴巴，手臂也變得滑滑黏粘的，手指上連著蹼的大手，像一把展開的扇子。強盜們驚怖不已，立刻放開了這個可怕的怪物。青蛙外形的她跳了起來，跳得比她自己的個頭還高，然後躍身潛入森林不見了。這些強盜們認定這是洛基神（Loki）捉弄人的伎倆，或是某種神祕的黑魔法，於是嚇得四處逃散。

　　一輪滿月升起到空中，散發出耀眼的光輝。披著一身青蛙皮的黑爾嘉從森林裡爬了出來，靜靜地蹲在被殺害的牧師遺體和馬兒的屍首旁邊。她睜著一雙朦朧的眼睛盯著他們，像個孩子那樣發出嗚咽聲，就要流出淚來。她先是趴在牧師身上，然後又趴在馬兒身上。她用那雙有蹼的手捧來了水，潑灑在他們身上。但他們已經死去，永遠無法轉醒過來了。而且，野獸不久之後就會來咬食他們的身體。不行，她絕對不能讓這樣的事發生！

　　於是她開始挖土，想為他們挖一個能多深就多深的墳，但

是她除了一根樹枝和自己的雙手之外，沒有什麼可用來挖土的東西。她手指之間的蹼被撕裂了，鮮血流了出來；即便如此，她還是挖不了多少土。她看出這麼做不會有什麼結果，於是她取來一些清水，把死者的臉洗了；她摘些新鮮的綠葉覆蓋上去，再去搬來一些樹枝來掩蓋，又在上面撒滿了枯葉。最後，她使盡全力搬來了大石頭，將它們堆壓上去；再用苔蘚填滿所有的細縫。現在她相信，這個墳墓是堅固安全的了，只是這個艱難的任務讓她辛苦了一整晚。當太陽升起衝破了雲層，美麗的黑爾嘉站在那裡，手上還流著血。在她漲紅了的臉上，第一次流下淚來。

在這次的轉變過程中，好像有兩種性格在她內心裡鬥爭著。她顫抖著整個身軀環顧四周，彷彿剛從一個噩夢中甦醒。她扶著一棵樹的細長樹枝來支撐自己。後來又像貓一樣爬到這棵樹最頂端的樹梢，緊抱著那裡，像極了一隻受到驚嚇的松鼠，在森林裡待了一整天。那個孤獨的地方一片死寂，就像人們所說的那樣。

死寂！其實還有兩隻蝴蝶在飛舞，正在玩耍或爭吵。附近有幾個蟻丘，數以百計的小工人正匆忙地進進出出。天空中充滿了無數隻跳著舞的蚊蚋、嗡嗡叫的蒼蠅，還有瓢蟲、金色翅膀的蜻蜓和其他的小飛蟲。蚯蚓從濕潤的土壤裡爬了出起來，鼴鼠也出

來了。哦，撇開這一切不算的話，他們稱森林是「一片死寂」可能是對的。

沒有誰注意到小黑爾嘉，只有幾隻松鴉在她所緊抱著的樹梢上飛著、叫著，好奇地朝著她跳了過來。但是，當他們朝著她的眼睛一看，便立刻飛走了。他們不知道她是什麼，她自己也不知道。夜晚即將來臨，夕陽像是警告著她轉變的時刻又到了，她再度動了起來。她才剛從樹上爬下來，最後一束陽光就黯淡了下去。她再一次坐在那裡，一隻皺巴巴的青蛙，手上仍然長著撕裂了的蹼。

只是現在，她的眼睛散發出一種異樣的光彩，這種光彩是在她具有美麗的身體時不曾擁有過的。那雙眼睛是溫柔、純潔的少女眼睛。雖然它們長在青蛙的臉上，但卻反映出人類內心的深沉感受。它們充滿了珍貴的淚水，那些淚水為了減少心中的悲傷而滴落。

在她為死去的牧師堆起的那座墳旁，她找到了那個由兩根綠色樹枝綁起來的十字架。這是年輕的牧師生前最後的作品。小黑爾嘉拿起了它，這時她忽然有個想法，把十字架豎立在埋葬牧師和死馬的石堆之間。對牧師的回憶又為她的眼睛帶來了許多新的

淚水。她懷著這種悲情在墳墓四周的土地上劃了許多十字標誌，好讓它們形成一道具有保護力量的柵欄。當她以雙手劃著十字標誌時，手指間的蹼逐漸脫落，就像是破損的手套那樣。她到森林中的泉水裡洗手，驚奇地發現它們已經變得細嫩潔白。她又在自己和亡者之間劃了神聖的記號；她的嘴唇開始顫抖，舌頭捲動；那個神聖的名字，她在牧師帶著她騎馬穿過森林時聽見過許多次。她唸出救主的名字：「耶穌基督。」

青蛙皮完全從她身上脫落。她又成為一個可愛的少女了。只是，她的頭疲憊地垂了下來。她的肢體迫切需要休息，她便沉沉睡去了。

不過，她並沒有睡得太久。午夜時分她轉醒過來，看見那匹死去的馬活生生地站在她的面前，一縷光芒從他的雙眼和脖子上的傷口放射出來。在他旁邊則站立著那位殉難的牧師，正如維京人的妻子所說的：「比巴爾德神更俊美。」因為他正站立在火焰光芒之中。

在他慈善的大眼睛中，帶著一種莊嚴和正義；讓她感覺他好像正在注意著她心中的每一個角落。小黑爾嘉在他的目光下顫抖，回憶在她內心裡甦醒，彷彿已經來到了審判日。他為她做過

的每一件事，和他所說過的每一句慈愛的話語，都如此鮮活地出現在她的心中。此時她明白了，在那些充滿試煉的日子裡，當塵土與靈魂所創造的生物在鬥爭和掙扎時，是愛在守護著她。她也認識到她一向只聽從感情的衝動，而未曾設法去救贖自己。現在，一切都被賞賜給她了，上帝已經給了她指引。在謙卑和羞恥的心境中，她向這個能夠洞察她心中每個想法的使者彎腰鞠躬，從此刻起，她感受到聖靈的光明進入了她的靈魂。

「沼澤的女兒，」牧師說：「妳來自泥土和沼澤，但是妳將從沼澤裡重生。妳內在的光芒，並不是來自太陽的光而是上帝的光。它將回到它的源頭，並且恢復它所居存的身體。沒有任何靈魂會消失。萬物是短暫而虛空的，只有生命之源才是永恆的。我從死亡之境歸來，有一天，你也將穿過死蔭的幽谷到達光輝燦爛的聖山之頂，那裡是慈悲和圓滿的居所。我不能領妳到赫德比接受基督徒的洗禮，因為妳必須先回去，回去打破籠罩著沼澤地水面的遮蔽物，從水底取出那孕育了妳的生命之根。妳必須做一件值得蒙受祝福的行為。」

他抱起她放到馬背上，並將一個金色的香爐放到她手中，那香爐長得就像是維京人城堡裡的那個；金香爐冒出了甜美的香

青蛙皮完全從她身上脫落了下來。她
又成為一個可愛的少女了。

氣。殉道者額頭上的那道傷口則發出光來，像是一頂王冠。他又從墳上抬起十字架，並高高地舉起。現在他們騎馬飛躍起來，越過簌簌作響的森林和埋葬了古代英雄和戰馬的墳塚。現在這些威武的戰士和戰馬也站起身來向前奔跑，並且登上了山巔。他們額頭上的金冠在月光下閃閃發光，斗篷則在夜風中飄揚。那看守寶藏的巨龍抬起頭來凝視著他們。山怪和樹精也從山丘和樹洞中向外窺探，他們舉著紅色、藍色和綠色的火把，就像是燃燒紙片所產生的陣陣火花。

他們飛越過森林和平原、河流和湖泊，來到了荒野沼澤地，盤旋在它的上空。殉難的牧師高舉十字架——它像黃金那樣閃耀著——還從他的嘴唇發出了聖潔的禱告。小黑爾嘉也跟著他唱著讚美詩，就像小孩跟著母親唱歌那樣。她搖晃著金香爐，而它發出的美妙香氣，使得沼澤地蘆葦和莎草的花一朵朵綻放，連種子的嫩芽也從深泥底裡冒出頭來。但凡有生命火花的東西都蓬勃生長起來。此時，許多盛開的睡蓮長出了水面，所有的花朵連成一片，彷彿一張攤開來的地毯。地毯上正躺著一位睡著的美麗女子。小黑爾嘉以為這是她自己在靜止水面上的倒影。但是，她看到的是自己的母親——原是尼羅河國度的公主，卻成了沼澤王的

妻子。

那位死去的牧師吩咐黑爾嘉把她抬到馬背上。馬兒的身體像一塊充了氣的裹屍布，被新的負擔壓得凹了下去。但是十字架的符號又給了幽靈般的馬兒新的力量，讓他能把三個人都從沼澤帶回到了堅實的平地。

這時維京人城堡裡的公雞咕咕地啼叫了起來。這些靈體就在冷風中化作飄來的薄霧，消散不見了；只留下埃及公主和她的女兒面對面地站在那裡。

「這是我在深水潭中看見的自己嗎？」母親哭喊著。

「這是我在明亮水面上看見的自己嗎？」女兒驚呼著。她們靠近並熱切地擁抱彼此——母親的心跳得更快些，這是每個母親都能理解的。

「我的孩子！我心中的花朵！我在深水中開出的蓮花！」她又張開了雙臂摟著孩子哭泣。對於小黑爾嘉來說，這眼淚就是新生命和愛的洗禮。

「我穿著天鵝羽衣來到這兒，」黑爾嘉的母親告訴她：「在這裡，我脫下了羽毛，然後陷進了泥潭裡。深深的污泥像是一堵厚牆淹沒了我。不久之後，我感受到一股強大的力量，把我拖進

了更深更深的地方；而我的眼皮也感到愈來愈沉重，我昏昏沉沉地睡去而且開始作夢。我夢見自己再次站立在埃及金字塔前，只是，那個搖擺不定、曾經在沼澤地上使我驚駭的赤楊木樹椿，卻依然豎立在我前面。當我觀察樹皮上的裂紋，它們放射出鮮豔的光彩，變成了象形文字；原來我正看著的是一具木乃伊棺木。棺木迸裂，一位千年以前的國王走了出來。他的木乃伊是黑色的，漆黑得就像瀝青或沼澤裡的黑泥。我不知道他究竟是沼澤王，還是金字塔的木乃伊。他伸出手臂摟緊我，我覺得自己將會死去。回復意識後，我感覺到心口有個溫暖的東西，原來是一隻小鳥，小鳥拍了拍翅膀，呢喃地唱著歌。小鳥從我的胸口飛了出去，飛進我頭頂上那沉重的黑暗裡，只是仍有一條細細的綠色緞帶把小鳥和我繫在一起。我聽見而且明白了那哀傷的曲調，『自由，陽光，我們的父親！』然後我憶起我的父親、我那個充滿陽光的故鄉、我的生活和我的愛。於是我解開了那條緞帶，讓鳥兒飛回我的故鄉和父親身邊。從那一刻起，我就沒有其他的夢了。我所有的只是睡眠，又長又深的睡眠；直到現在，奇妙的聲音和香氣喚醒了我，使我重獲自由。」

那條繫著母親的心和鳥兒翅膀的綠色緞帶，現在飄到哪裡

去了？又落到了哪裡？只有鸛鳥曾經看見過它。那條緞帶就是從湖底冒出的那根綠色的莖，它長出的花苞和花朵就是小嬰兒的搖籃。那個漂亮的孩子長大了，現在又回到了她母親的懷裡。

當母女兩人緊緊擁抱著彼此的時候，那隻老鸛鳥就在她們的頭頂上盤旋。他飛回自己的鳥巢，帶來了已經存放許多年的兩件天鵝羽衣。他把這兩件羽衣丟給她們一人一件。羽衣一裹住她們，她們就化身成了兩隻白天鵝騰空飛起。

「我們總算可以說上話了，」鸛鳥爸爸說：「雖然不同的鳥有著不同的嘴，但我們現在能夠彼此溝通了。我能在今晚找到妳們可真是世界上最幸運的事，因為我們明天就要離開了。明天，鸛鳥媽媽和孩子們都會和我一起飛回南方。是的，妳可以好好看看我，我是從尼羅河畔來的老朋友呀；鸛鳥媽媽也是，她是刀子口豆腐心。她總是說公主可以自己找到出路，但是，我和孩子們還是把這些天鵝羽衣送到這裡來。老天！我還在這裡也太幸運、太讓我高興了。等天一亮，我們就要出發，和一大群鸛鳥作伴。我們將飛在先鋒隊伍裡，如果妳們小心地跟著我們，就不會迷失方向，孩子們和我也會注意妳們的情況。」

「還有那朵蓮花我也得帶著，」埃及公主說：「我要把它裹

在我的羽衣裡。那朵觸動我心靈的花將和我一塊兒回去，這樣問題就解決了。我們回家去吧！」

但是，黑爾嘉卻說，她不能離開丹麥人的土地，除非她能再次見到自己的養母——維京人的妻子。黑爾嘉生動地回憶起與她同在的歡樂時光，她每一句慈愛的話語，甚至每一滴為她流下的淚水。這時，她簡直感覺到自己愛著養母勝於世上的一切。

「是的，我們必須去一趟維京人的城堡，」鸛鳥爸爸說：「媽媽和孩子們也正等著我。他們的眼睛該會睜得多麼大，嘴巴又會發出什麼樣的嘎嘎聲呀。媽媽不是很會說話，她說的話既簡短又乏味，但是意思是好的。現在我要發出點聲響，好讓他們知道我們就要回家了。」

所以鸛鳥爸爸用嘴發出了巨大的嘎嘎聲，然後他和兩隻天鵝一起飛到了維京人的城堡。

每個人都熟睡著。維京人的妻子那天很晚才睡，因為她正擔心著黑爾嘉；自從三天以前基督教牧師消失後，黑爾嘉就跟著不見了蹤影。她一定是幫助他逃跑了，因為她那匹心愛的馬也不在馬廄裡了。但是有什麼力量可以讓這一切發生呢？維京人的妻子想著她所聽到、有關那個被稱作基督的人和其追隨者所做的

事蹟。她心中的煩惱化成了夢境。她夢見自己躺在床上，仍然醒著，仍然迷失在自己的思緒中，而黑暗已經統治了外在世界。此時刮起一場大風暴，她聽見了北海和卡特加海峽之間的巨浪向東又向西翻湧。那條盤旋在海底深處的巨蛇，正不安地騷動著。諸神的黃昏近了，北歐人所說的「末日」（Ragnarok）就要來到；萬物都將終結，甚至連他們最高的神祇也是。戰爭的號角響起，眾神騎著座騎跑過彩虹橋，祂們身穿著鎧甲，將要進行最後一場偉大的戰鬥。展開雙翼的戰爭女神們（Valkyries）打頭陣，而眾英雄亡靈則在後面跟著。整個天空閃耀著北極光，但最後黑暗仍然獲勝了。這是一個可怕的時刻。

小黑爾嘉以醜陋的青蛙形體出現在這個正作著噩夢的女人身旁，蹲伏在地板上。她顫抖著，靠向自己的養母，她把小黑爾嘉抱到腿上。儘管青蛙皮無比醜陋，她卻還是滿懷愛意地撫摸著她。空中響起了無數刀劍的鏘鏘聲響，箭矢則像冰雹颼颼地傾瀉在屋頂。天地毀滅的時候到了，星星墜落，而一切事物都將被農神蘇爾特的火海吞噬。但是，她知道有一個新的天堂和新的大地即將誕生。如今被滾滾浪濤淹沒的金色沙礫，將會變成麥浪起伏的良田。

然後，那不能稱呼其名的神終將統治萬物；而來自亡者國度的那個溫和又仁慈的巴爾德將向祂走去。他走近，維京人的妻子看清楚了。她認出了他的臉，就是那個被俘的基督教牧師。「白色基督！」她大聲喊道。說出這個名字後，她吻了青蛙小孩醜陋的額頭。青蛙皮脫落了，黑爾嘉站在她面前，顯現出光芒四射的美麗和從未有過的溫柔，她的眼睛閃耀著愛的光輝。她親吻了養母的手，祝福她並且感謝她，為了她曾經在那些艱苦和受考驗的日子裡，給予黑爾嘉慈愛和關懷；也為了她在黑爾嘉心中啟發和喚醒的思想，告訴了她「白色基督」的名字，還在剛才又重複了一次。接著，小黑爾嘉變成一隻巨大的白天鵝飛了起來。她展開雙翼，發出了群鳥騰飛破空的聲音。

　　維京人的妻子聽見群鳥翅膀拍動的聲響，甦醒了過來。她知道這是鸛鳥南飛的時候到了，她聽見的一定就是他們。她想再看看他們，並在他們啟程的時候送上祝福；所以她起身走到陽台上去。在那裡，她看見鸛鳥一隻挨著一隻站立在房子的屋脊上；還有成群的鸛鳥，在樹梢和城堡四周的上空盤旋著。就在她對面的那口井邊——小黑爾嘉以前經常坐在那裡，做出各種野蠻的行為來嚇唬她——有兩隻白色的天鵝坐著。她們抬起頭，用意味深長

的眼睛看著她，使她回想起那個對她來說無比真實的夢境。她想起黑爾嘉是穿著天鵝羽衣的，又想起了那個基督教牧師，於是心中感到欣慰。天鵝們揮舞著翅膀，彎下脖子好像是在向她致意。維京人的妻子則伸出手臂，就像在表示她明白她們的意思。她噙著淚水微笑，想起了許多事。

所有的鸛鳥都來到了空中，他們拍動著翅膀，嘴裡發出響亮的叫聲，準備一起飛往南方。

「我們不能再等天鵝她們了，」鸛鳥媽媽說：「如果她們想和我們一起走，她們最好現在就到。我們不能再拖了，讓鸛鳥飛在我們前面。整個鸛鳥家族一起飛還是好得多；而不是像鸛鳥和鷸鴣那樣，男的和女的分成不同群飛行，這簡直是完全不像話。再說了，那些天鵝拍翅膀的樣子有哪一點像鸛鳥？」

「喔，每種鳥都有自己的飛行方式嘛，」鸛鳥爸爸說：「天鵝以斜線飛，白鶴呈三角形飛，鸛鳥成一個曲線飛，像蛇那樣。」

「當我們在高空飛翔時不要提到蛇，」鸛鳥媽媽說：「這只會讓我們的小傢伙嘴饞，完全是在吊他們的胃口。」

「那就是我所聽說過的高山嗎？」穿著天鵝羽毛的黑爾嘉

問。

「那是浮在我們下方，一路飛馳的雷雲。」她的母親回答。

「在那邊升得那麼高的白雲又是什麼呢？」黑爾嘉又問。

「妳看到的那些是終年積雪的高山。」她的母親說。這時她們飛過了阿爾卑斯山，朝著蔚藍的地中海飛去。

「非洲的沙地！埃及的海岸！」穿著天鵝羽衣的尼羅河女兒歡呼起來。這時她從高空中看見了一條黃色波浪狀的海岸，那便是祖國的土地。鸛鳥們也都看見了，他們加快了飛行速度。

「我已經能聞得到尼羅河的泥巴和多汁的青蛙了，」鸛鳥媽媽叫道：「這真是讓人食慾大開呀！沒錯，你們在那裡有好吃和好看的東西──禿鸛、朱鷺和白鶴，他們全都算我們的表親，只是長得一點也不如我們體面。他們喜歡裝腔作勢，特別是朱鷺。埃及人把他捧上天了，他們用香料填滿他，把他做成木乃伊。對我來說，我還寧願在肚子裡填滿活青蛙呢！你們也會是這樣的，而且這件事你們就快做得到了。與其死後風光大葬，還不如活著的時候吃個肚皮朝天。這些就是我想的事，而我永遠是對的。」

「現在鸛鳥又回來了。」住在尼羅河畔王宮裡的某個人說。在高聳的大廳裡，這位埃及的主人躺在鋪著豹皮的柔軟墊子上。

他仍在半生半死之間，懷著希望等待那遠從北國沼澤深處採回來的蓮花。當那些皇親國戚和僕從們正侍立在他的周圍時，房間裡忽然飛進了許多鸛鳥和兩隻美麗的白天鵝。她們脫去天鵝光亮的羽衣，於是，兩個美麗的女子忽焉現身，就像兩滴朝陽的露珠。她們上前，把長髮披在背後，彎下腰靠近那位蒼白而虛弱的老人。當小黑爾嘉靠在外公身上時，血色回到了他的臉龐，他的眼睛恢復了光彩，僵硬的四肢也有了活力。老人抖擻精神、巍巍顫顫地坐起身，女兒和外孫女伸出手臂緊緊摟住了他，她們就像經歷了漫長的噩夢，在清晨來臨時喜悅地向他道聲早安。

　　整個王宮裡充滿了歡樂。就連鸛鳥的巢也是如此，雖然他們的歡樂更大部分來自於美食和大量的青蛙。於是，學者們趕忙將兩位公主以及那朵能治癒皇室和國家的花寫入歷史。鸛鳥夫婦則是用自己的方式對孩子們說這個故事，不過是在他們吃飽，或者是在其他更重要的事忙完了以後。

　　「現在你總能被冊封個什麼頭銜吧，」鸛鳥媽媽叨唸著：「這可是最起碼的。」

　　「哦，我應該被冊封什麼頭銜？」鸛鳥爸爸嘟囔著：「我做了什麼？什麼也沒做呀。」

「你做的比所有其他人加起來都多。要不是你和我們的孩子們，兩位公主可再也看不到埃及，老人也不會被治好。你肯定應該成為一個什麼人物，至少他們應該給你一個博士頭銜，這樣我們的孩子還可以繼承它，然後他們的孩子又會繼承它，一代傳一代。你現在看上去已經像是一位埃及博士了，至少在我眼裡是這樣。」

智者和學者們把整個事情的始末歸納出了一個基本原則——「愛能產生生命」；他們以這個原則為基礎作了不同的演繹：「這位埃及公主是溫暖的陽光，她委身給沼澤王，他們的相遇誕生了一朵花……。」

「我也弄不明白他們是什麼意思，」鸛鳥爸爸說。現在，他把在屋頂上聽見的那些話，轉述給他的家人聽：「他們說著如此深奧複雜的話，所以他們都被授予了頭銜和禮物；甚至連那個廚師也受到了表揚——可能是因為他的湯做得特別好喝吧。」

「那麼你得到了什麼獎勵呢？」鸛鳥媽媽想知道：「顯然他們不該忽略整個事件中最重要的人物，而那個人當然就是你呀。那些學者們是呆頭鵝，只會東拉西扯說空話，不過，我想就快輪到你了。」

深夜裡，當那個幸福的家庭安詳地睡著了以後，有個人還醒著。那不是鸛鳥爸爸，雖然他也正用一隻腿站在巢裡，半睡半醒地守望著。這個清醒的人是小黑爾嘉。她斜倚在陽台的欄杆邊，仰視頭上清麗的夜色和燦爛的星空。儘管是同樣的星星，但這些星星比她在北方見過的更大、更亮。她想起了荒野沼澤地附近的維京人妻子，她那雙溫柔的眼睛，還有她為可憐的青蛙孩子而流下的那些眼淚；這個孩子，如今正站立在尼羅河畔明淨的星光和春天甜美的空氣裡。她還想起了那位異教女士心中所蘊藏的慈愛，那份對於她這個不幸的生物——變成人形時心地惡毒，變成動物時形容醜陋——所展現出的慈愛。這些璀璨的群星又令她想起了，帶著她飛越過森林和沼澤地的那位殉難牧師，和他額頭上所閃耀著的光芒。她的耳邊似乎又響起他的聲音、他所說的那些話語。彼時，他們正騎在馬上向前奔馳，而她像是失了魂似的。那些話是來自無限大愛的最高泉源，那些話語擁抱了所有世代的人類。

　　是呀，還有什麼是她還未得到、還未贏得的呢！不論白天黑夜，小黑爾嘉全心全意想著關於幸福的事。她就像個孩子，一從贈予者手裡收到禮物，立刻就轉過身，滿心只注意那禮物是什

麼。她想追求幸福的念頭不斷增長；幸福可能就在前方，而且一定就在前方。這些使她似乎忘記了自己。接下來會怎麼樣呢？有一天她會完全沉醉在這種感受之中，甚至把幸福的賜予者給完全忘記了——失去了對未來幸福的夢想，忘記了所有美好事物的提供者。這是青春年少常有的驕傲，可能害她落入陷阱之中。她眼裡滿是驕傲的神氣，但院子裡忽然傳來一陣噪音，將她從無邊的馳想中拉了回來。她看見兩隻巨大的鴕鳥正繞著一個小圈子亂跑，她從來沒有見過這種動物——這種碩大、癡肥又笨拙的鳥兒。他們古怪的翅膀看起來像是被人剪掉了似的。當她問這是怎麼回事的時候，她才第一次聽到埃及人講述關於鴕鳥的傳說。

他們說，鴕鳥從前是一種高貴又美麗的鳥類，有一對強壯的大翅膀。有一天晚上，森林裡別的大鳥對鴕鳥說：「兄弟，若是上帝准許，我們明天飛到河邊去喝水好嗎？」

「好的，」鴕鳥回答說：「我願意去。」隔天，天色一亮，他們就一同起飛了。他們升上高空，飛向太陽，而太陽是神的眼睛。鴕鳥愈飛愈高，遠遠地領先了所有其他的鳥類。鴕鳥在傲慢之中，直直飛向光源；他這麼做是為了炫耀自己的力量，也因為他一點也沒有察覺到自己的力量來自造物主。「如果上帝允

許」，他完全不理會這句話。

此時，六翼天使突然將遮蓋著太陽火海的帷幔拉開，這隻驕傲鳥兒的翅膀就瞬間被燒掉了，他悲慘地滾落到地面上。從那天起，鴕鳥或他的家族再也不能騰空飛起了。他只能膽怯地在地上繞著一個小圈子跑。他的故事為人類的思想和行動帶來的教訓便是：我們應該要牢記「如果上帝允許」這句話。

黑爾嘉低下頭認真思考著這個故事。從那隻繞著圈子的鴕鳥身上，她看見他的怯懦，也看見了他的洋洋得意——因為他見到自己被陽光投射在白牆上的巨大影子。

黑爾嘉陷入了更深的思考。她被賜予了一個幸福的生活，但這些是從何而來的呢？一定是來自最偉大的東西——「上帝允許」。

初春的早上，當鸛鳥們準備再次向北飛時，黑爾嘉從手臂上取下了金手鐲，在鐲子上刻下自己的名字。她向鸛鳥爸爸招手，然後把金手鐲戴在他的脖子上，請求他把它帶給維京人的妻子，以表示她這個養女還快樂地活著，而且並沒有忘記她。

「這東西可不輕呀，」當金鐲子被戴到他的脖子上時，鸛鳥爸爸心想：「但是黃金和榮譽是不能隨便扔在路上的。鸛鳥會帶

來好運──那裡的人們最後也不得不承認這件事。」

鸛鳥媽媽對他說：「你下金子我下蛋，雖然你只生一次，但我卻是年年都要生。誰都沒感謝我們倆，這是最讓人洩氣的。」

「不論如何，我們做的好事自己心知肚明。」鸛鳥爸爸說。

「但你不能把這個掛在身上讓大家知道，」鸛鳥媽媽說：「它也不會給你一陣好風，或是一頓飯。」接著，他們就飛走了。

在羅望子樹上唱著歌的那隻小夜鶯，也準備要往北邊飛了。黑爾嘉從前經常聽見他在沼澤地附近唱歌。她決定托他帶去一個訊息。她在穿戴天鵝羽衣的時候，學會了鳥類的語言，而且經常和鸛鳥、燕子交談；所以，她知道小夜鶯能明白她的意思。她請求這隻小鳥飛到日德蘭的山毛櫸林子，在那裡，她曾經用石頭和樹枝堆起了一座墳墓。她請他轉告那裡所有的小鳥在墳墓周圍築巢，並請經常唱歌。夜鶯飛走了。時間也飛快地過去了。

秋天時，那隻棲息在金字塔上的蒼鷹，看見一群由駱駝拉著的大篷車裝滿了物品，在武士們護送下來到。那些武士穿戴著華麗的服裝，騎著昂首闊步的阿拉伯駿馬。這些馬兒白得像閃閃發光的銀子，他們顫動著粉紅色的鼻孔，身上濃密的鬃毛則垂到細長的腿上。一位阿拉伯的王子，有身為王子應該有的英俊外形，

以尊貴訪客的身分來到了鸛鳥所築巢的王宮。鳥巢的主人已經去了遙遠的北方，但他們很快就會回來。就在歡慶活動達到最高潮的時候，他們果然回來了。

這場盛大的歡慶活動是一場婚禮，新娘正是美麗的黑爾嘉，她身穿絲綢做成的禮服，頭上戴著的寶石散發出耀眼的光彩；而新郎則是年輕的阿拉伯王子。新郎和新娘坐在桌子的主位，就在黑爾嘉的母親和外祖父之間。但是黑爾嘉的目光並沒有凝聚在新郎那棕色、留著鬍鬚的英俊臉龐上；也沒有與他那雙熱切而深情地看著自己的眼神對望。她望向了天空，凝視著天空中一顆閃爍不定的星星。

這時，空中傳來鸛鳥拍動翅膀的簌簌聲，是他們回來了。儘管疲憊不堪，在長途旅行之後亟需休息，那兩隻鸛鳥夫婦還是直奔陽台的欄杆而來。他們已經得知了這場婚宴的消息；甚至在通過國境時，還聽說黑爾嘉命令人把鸛鳥一家的樣子畫在牆上，因為他們當然也是她生命歷程的一部分。

「這可真是貼心又周到。」鸛鳥爸爸說。

「還可以，」鸛鳥媽媽對他說：「不該連這點表示也沒有吧。」

黑爾嘉一看見他們，就立刻站起身，急忙走到陽台去，撫摸他們的後背。鸛鳥夫婦深深地一鞠躬；而他們最小的孩子們也感覺獲得這種接待是無上的光榮。

　　黑爾嘉又抬起頭來看著那顆閃亮的星星，它的光輝此時變得更加明亮了。在她和星星之間徘徊著某種比空氣更純淨、但仍看得見的形體。他向她飄近，黑爾嘉於是認出他正是那位死去的牧師。他也來參加她的婚宴了——從天國而來。

　　「那兒無比幸福美妙，」他說：「遠超過世上人們所知的一切地方。」

　　黑爾嘉於是以一種前所未有的謙虛和熱忱祈求，一會兒，只要允許她去那裡一會兒，讓她能看上一眼那個天上的國度。於是，他通過旋律和思想之流將她提升到輝煌和榮耀的國境。那裡的音樂和光亮不僅環繞在她周圍，更進入了她的靈魂之內。它們超越了一切的語言文字所能表達的層次。

　　牧師對她說：「我們必須回去了，否則妳會錯過婚宴的。」

　　「只要再一眼就好，」她乞求著：「只要再一小會兒。」

　　「我們必須回到人間了，妳的客人們都要走了。」

　　「再看一眼！最後一眼！」

終於，黑爾嘉再次回到陽台上了。只是，此時所有的燈火都已熄滅，宴會廳裡空蕩蕩的。鸛鳥已經走了，也沒有看見半個客人，連新郎也不在了。就在這短暫的片刻裡，大家都不見了蹤影。

一股莫名的恐懼襲來。她漫步穿過巨大空曠的大廳，走進了隔壁的房間，有個陌生士兵在那裡睡著了。她打開了進入自己臥室的房門，滿心以為會走進自己的房間，卻發現是來到了一座花園，而且不是她所熟悉的花園。天空出現了紅暈，此時已經是黎明時分了。在天堂只過了三個片刻，世間的一切卻已是物換星移了。

她看見了幾隻鸛鳥，於是用他們的語言呼喊他們。鸛鳥爸爸轉過頭，向她走來。

「妳能說我們的話！」鸛鳥爸爸說。她點點頭。他問：「妳想要什麼，陌生的女子，妳為什麼在這裡？」

「是我呀！黑爾嘉，你不認得我了嗎？就在幾分鐘前，我們還一起在陽台那裡說話呢。」

「妳弄錯了，」鸛鳥說：「妳一定是在作夢。」

「不對，不對！」她說，接著提醒他關於維京人的城堡、荒

野沼澤地和旅行那些事。

然後，鸛鳥爸爸眨了眨眼睛。「怎麼回事？那可是一個非常古老的故事呢，我的曾曾祖母告訴我的，」他說：「確實，曾經有一位埃及公主，她是從丹麥那裡來的。但是幾百年前，她在婚禮之夜忽然消失，後來再也沒有出現過。妳可以自己去讀讀花園裡的那塊紀念碑。上面還雕刻著天鵝和鸛鳥，而石碑的頂部，就是妳自己的白色大理石雕像。」

事情真是如此。黑爾嘉看見它，於是明白了一切，她跪了下來。

初昇的朝陽散發出它所有的光芒，就像許久以前那樣。那時，在第一縷陽光的照射下，青蛙皮脫落，顯現出一個無比美麗的少女。現在，在陽光的洗禮下，一個無與倫比的形體，比空氣更潔淨、更純粹，成為一道明亮的光束融入了天父。肉體化為塵土，只剩一朵凋謝的蓮花，靜靜躺在她跪著的地方。

「好吧，」鸛鳥爸爸說：「這就是那個古老故事的新結尾。我完全沒想到會是這樣，不過我倒是蠻喜歡它的。」

「你想孩子們會喜歡嗎？」鸛鳥媽媽想知道。

「哎呀，」鸛鳥爸爸說：「畢竟孩子們喜歡才是最重要的事。」

故事賞析

　　據說，安徒生對這則童話作了多次的改寫，使得它不僅篇幅較長，而且也具有複雜的情節和深刻的寓意。嚴格說來，它更像一部小說，而非典型的童話。在故事裡，我們不難發現某些對應的結構關係：白天和黑夜，沼澤的內外，世間和天堂；兩相對照的角色則有：埃及公主和維京人的妻子，法老王和沼澤王，維京人和基督教牧師。所有角色當中，最複雜的人物設定莫過於黑爾嘉本人：她的外貌和性格會隨著白天和黑夜的交替，而產生內外兩組相應的變化──白天外表柔美，內心野蠻而殘酷；夜晚她則變得外表醜陋，內心卻寧靜而悲戚。

　　黑爾嘉打從出生就帶著可怕的詛咒，因此會在兩種分裂的自我之間來回變換。從血緣上來說，那組醜陋和粗暴的自我屬於她的父親，而美麗和善良則屬於她的母親。故事似乎暗示著，有個屬於黑爾嘉的真正自我埋藏其中，等待被解救。後來，那位年輕的基督教牧師解救了她，然而，他只是觸動了讓黑爾嘉蛻變的開關，真正讓她去除邪惡自我的，是她為殉難牧師流下屬於人性、充滿情感的淚水。

　　儘管黑爾嘉已經解除身上的詛咒，找回了真正的自我，然

而，有一股高於她自我層次的力量，指出在她背後有一個與她命運緊緊相連的「深沉的夢」還尚待喚醒；那個夢來自她真正的母親。因此，那力量帶著她回到孕育了她的生命和囚禁了她母親的黑沼澤。在黑爾嘉的母親埃及公主的夢中，沼澤王的形象和法老王的形象產生了重疊。那個暗無天日的沼澤黑泥底，彷彿是無窮久遠的木乃伊，將她牢牢地困住；儘管如此，她溫暖的心口仍然釋放出了一隻自由和希望的鳥兒黑爾嘉。她們在鸛鳥家庭的幫助下，將拯救法老王生命的蓮花帶回了埃及，於是，王室再度回復了生機。之後不久，黑爾嘉便被許配給了高貴英俊的阿拉伯王子。故事本該在此結束，但是安徒生卻沒有在這裡停筆。

黑爾嘉在贏回真實的自我以後，並沒有以此為滿足，人世間的美滿幸福似乎吸引不了她。或許是她內心不自覺地對那位復活的牧師產生愛慕；又或許是她窺見了生命背後有更加真實的東西。她在那位牧師帶領她見識了天界的美好之後流連忘返，當她再回到塵世之時，一切竟已物換星移。她佇立在紀念自己的雕像前，在朝陽初昇的光芒照耀下，她有限的形體消失了。她退去了那屬於人的皮殼，然後，一個更加美麗、無與倫比的形體，竟然化作一道明亮的光束融入了天父。安徒生在故事的結尾處，意味

深長地寫道：「肉體化為塵土，只剩一朵凋謝的蓮花，靜靜躺在她跪著的地方。」還有哪裡能找到更富有詩意的文字來描寫生命的消亡和轉化呢？

o8
天堂的花園

　　從前從前，有一個國王的兒子，沒有人像他那樣擁有那麼多美麗的圖書。在這些書裡，他可以讀到這個世界上所發生過的事情，還能從當中精美的插圖裡看見這一切。他可以查到關於每一種民族和每一個國家的情況，但是書裡對於哪裡可以找到天堂花園隻字未提，而這卻是他最想知道的事。

　　當他還是個孩子時，到了要上學的年紀，他的老祖母曾經對他說：「天堂花園裡的每一朵花都是最甜的糕點製成的，每個花蕊都斟滿了最好的美酒。在某一種花上，寫著歷史；在另一種花上，寫的則是地理，或者是乘法表。誰吃得愈多，誰就能學習到愈多的歷史、地理或是算術。」

　　當時他相信老祖母的那些話。只是小男孩漸漸長大了，學到了更多東西，也變得更聰明了，他了解到天堂花園的景象必定是

不同凡響的。

「哦，為什麼夏娃要從知識樹上摘下水果，為什麼神要禁止亞當吃它呢？如果換成是我，就不會發生那樣的事了，如此一來，罪惡也就永遠不會進入這個世界了。」當時他這麼說；到了十七歲的時候，他還是那樣說。天堂花園的想法總是在他的腦中縈繞不去。

有一天，他在樹林裡漫步。他總是一個人走著，因為這是他生活中最喜歡的休閒活動了。到了傍晚時分，烏雲密布，天空彷彿打開了一道大水閘，雨水傾瀉而下。天色黑得像是夜裡最深的井底，和黑暗一樣漆黑。他一會兒在濕潤的草地上滑了一下，一會兒又被崎嶇地面上冒出的石頭絆了一跤。所有的東西都濕透了，可憐的王子身上已經沒有一處是乾的了。他必須從流淌著水的苔蘚上，狼狽地爬過一塊塊巨石。就在他幾乎快暈過去的時候，忽然聽見了一陣奇怪的風聲，又看見前面有個發著光的大山洞。洞裡燒著一堆火，這堆火燒得非常旺盛，足以烤熟一頭雄鹿了。還果真有人在這裡烤著東西，一隻長著美麗犄角的大雄鹿，被插在一根架在兩棵大松樹幹之間的大鐵叉上；有人在火堆上緩慢地轉動著這鐵叉。那是一位身材高大的老女人，看起來簡直像

是男人偽裝而成的，她就坐在火堆旁，不斷地往火堆裡添加木柴。

「你可以走過來些。」她說：「坐在火堆旁邊，把你的衣服烤乾。」

「這裡的風可真讓人發顫呢。」王子說著往地上一坐。

「要是我的兒子回來了，那還要更糟呢，」那個女人告訴他：「你現在來到的地方就是風之洞。我的兒子們就是世界上的四道風，你明白我的意思嗎？」

「您的兒子現在在哪裡呢？」王子問。

「這個蠢問題可真難回答呀，」女人對他說：「我的兒子們各忙各的事情，在那個大廳裡拿雲朵當球玩呢。」她指了指天空。

「當真有這種事！」王子說：「我注意到您說話的方式非常有威嚴，不像我平常看見的女人那樣溫柔。」

「我想她們是沒有什麼別的事可幹，但我得好好管教我那些兒子，能不強硬些嗎？它們可是一個比一個頑強哪。你看見牆上掛著的四個麻袋了嗎？它們害怕那些東西，就像你害怕那掛在鏡子後面的藤條一樣。讓我告訴你，我可以把它們幾個小子抓住，

直接塞進那些麻袋裡。我是不會客氣的。它們得老老實實待在那裡，除非我把它們放出來。現在，它們其中一個回來了。」

原來是北風，它戴著一股刺骨的寒氣疾衝而來，陣陣雪花在它身上旋轉著，巨大的冰雹落在地上嘎嘎作響。它穿著熊皮縫成的大衣和褲子，頭上戴著一頂海豹皮製成的皮帽，長長的冰柱掛在它的鬍子上，還有冰雹不斷從它外套的領子上滾下來。

「不要立刻就跑到火邊。」王子警告他：「否則你的臉和手可能會凍傷的。」

「凍傷？」北風哈哈大笑起來：「冰凍正是我最喜歡的呢！不過，你是何方的人物呀？又是怎麼來到風之洞的？」

「他在這裡是我的客人！」老太太插了話：「如果你不滿意這個回答，那就去那邊的麻袋裡待著吧，明白我的意思了嗎？」

這句話馬上產生了效果。北風接著談起自己從哪裡回來，它已經旅行了將近一個月了。

「我是從北極海回來的。」它告訴他們：「我和俄羅斯獵海象的人到白令島去。當他們從北望角出發時，我就在他們的船舵邊打瞌睡。我偶然醒過來的時候，發現風暴鳥正在我的腳邊轉著圈圈飛。這是一種有趣的鳥！他會猛烈地拍動自己的翅膀，然後

張開翅膀停在半空中不動，接著再忽然加速、像支箭矢那樣向前飛走。」

「別淨扯那些沒用的，」它的媽媽對它說：「所以你到了白令島？」

「那是一個非常美妙的地方，在那兒，用來跳舞的地板平整得像盤子一樣！島上淨是半融的白雪、一片片的苔蘚和裸露的岩石。鯨魚和北極熊的骨骸散布各處，看起來就像巨人長滿了綠霉的肢體。

「人們會以為陽光從來不曾照亮過這個地方。於是我把迷霧吹散一些，讓小屋可以被人們找到。這是一棟用破船的木頭蓋成的屋子；木頭上覆蓋著海象皮，貼肉的那一面朝外；整棟小屋被塗成了紅綠相間的顏色。有一頭北極熊就坐在小屋的屋頂上哀嚎。

「我又去了岸邊，想看看那裡的鳥巢。我看見了上千隻無毛的雛鳥張著嘴呀呀叫著，於是我朝他們的嘴裡吹了一口氣，讓他們閉嘴。再往前，還有許多大海象在海浪裡翻滾，模樣像是長著豬頭和一根長牙的大蛆蟲。」

「孩子，你的故事說得真好。」老太太說：「聽你說那些，

我的口水都快流出來了！」

「打獵季開始以後，長魚叉被插進海象的胸脯，熱血像泉水那樣噴湧而出灑在海冰上。這使我想起了自己的遊戲。我吹起我自己的船——吹得那些高聳的冰山朝著木筏駛過去，撞得它們東倒西歪。他們的船員吹著口哨，大聲嚷嚷！但我吹得比他們都響亮。為了不在海冰上翻覆，他們只得把獵到的海象、箱子和纜繩統統給扔掉。我又在他們身上裹上白雪，讓他們以破船載著僅存的獵物，一路向南漂流，好好品嚐海水的滋味。諒他們也不敢再回到白令島來。」

「這麼說，你幹了一樁非常缺德的事囉。」風的母親說。

「我做的好事就讓別人去說好了。」它說：「不過，我的兄弟從西方回來了，它是我最喜歡的兄弟了。它身上總有一股海水的氣味，無論走到哪裡，它總能帶來涼快和清新的空氣。」

「這是小西風嗎？」王子問道。

「自然是小西風，」老太太回答說：「不過，它已經不小了。過去它曾經是個好孩子，但那是許多年前的事了。」

它看起來像是一個野人，戴著一頂寬邊帽子遮住了自己的臉，手裡還拿著一把桃花心木的大棍子——這是從美洲的桃花心

木森林裡砍下來的。這東西可真不小哪！

「你打哪裡來的？」它的母親問。

「我是從荒涼的森林過來的！」它說：「在那裡，多刺的藤蔓在每棵樹之間圍起一道道籬笆；水蛇藏身在潮濕的草地裡；人類在那裡顯得十分多餘。」

「那你自己在那裡幹什麼？」

「我凝視著那最深的河流，看它怎麼衝過岩石形成急流，吐出水花形成雲霧，托住一道大彩虹。我又看見一頭野生的水牛涉水過河，卻被大水沖走了。水牛和一群野鴨一起漂流；當河水到了瀑布的地方，野鴨飛起，但水牛卻只能隨著水流滾下去了。這引發我的興致，所以我吹起一場風暴，把老樹吹成了碎片。」

「你還做了什麼別的事嗎？」老太太問它。

「我翻了幾個筋斗越過平原。我撫摸了野馬；把椰子從棕櫚樹上搖下來。我的確還有許多故事可以說，但高調不是我們家的風格，我說的對嗎，老太太？」

然後，它給了她一個粗魯的吻，幾乎把她撞得倒了過去。它真是一個狂野的年輕人。

這時，南風也回來了。它頭上裹著頭巾和身上披著飄飄然的

斗篷，像個貝都因人。

「這兒也太冷了吧，」它喊道，然後把更多木柴扔進火裡：「我敢說北風已經早我一步回來這裡了。」

「這裡已經熱得足以烤熟一頭北極熊了。」北風抗議著說。

「你自己不就是一隻北極熊嗎？」南風說。

「你們兩個是不是又想被塞進麻袋裡呀？」老太太說：「乖乖地坐到那邊的那塊石頭上，告訴我你去了什麼地方啊。」

「我在非洲呀，親愛的媽媽，」它說：「我正和霍屯督人（Hottentots）一起在卡菲爾蘭（Kaffirland）獵獅子。原野上生長的草綠得像橄欖樹似的。牛羚跳著舞，鴕鳥和我一起賽跑，不過我的腿跑得比他快。我走進了黃沙遍地的沙漠，那裡如同深海之底。我遇見了一支商隊，他們為了喝水止渴，在那裡殺掉了最後一頭駱駝，但那點水根本不夠他們喝。太陽在他們頭頂上烤著，沙子也把他們的腳底燒焦了。他們腳下的沙漠就像永遠走不到邊際似的。然後我在鬆散的細沙上打了個滾，捲起一道火熱的沙柱高高地在他們頭上旋轉。那是一場多麼美妙的舞蹈表演呀！你們真該看看那單峰駱駝是怎麼呆立在那裡露出沮喪的樣子，還有那商人是怎麼把外衣拉到自己頭上蓋著。他跪倒在我面前，就像跪

倒在他的神阿拉面前一樣。現在，他們全給埋了，就埋在沙子堆成的金字塔之下。有一天我會吹散那座塔，讓太陽把他們的骨骸曬得灰白。那時，旅行者就會明白有人在他們之前到過那裡。否則誰也不會相信在沙漠裡曾經發生過這樣的事。」

「你真是什麼好事也不幹哪！」它的母親喊著：「給我鑽進麻袋裡吧！」就在它還沒反應過來的時候，她已經把南風逮住然後推進袋子裡了。它在地面上打滾，一直到她坐在麻袋上頭，它才老實不再亂動。

「您的這些兒子還真是好動呢。」

「一點也沒錯，」她同意：「不過，我還知道怎麼管住它們。現在，我的第四個兒子回來了。」

東風吹了進來。它穿著一套中國人的衣服。

「你都去了什麼地方？」它的母親說：「我還以為你去了天堂花園呢。」

「我明天才要啟程呢。」東風說：「到明天，距離我上次去那裡已經隔了一百年了。我才剛從中國回來，在那些瓷塔上跳舞，直到上面的鐘都叮叮噹噹響了起來。官員們正在街上挨揍，竹棍打在他們身上都打斷了，但他們卻喊叫著：『多謝萬歲恩

典！」他們全是高官，從一品到九品的官員，但他們心裡並不真的這麼想，所以我把鈴搖得叮噹叮噹響。」

「你太頑皮了，」老太太對他說：「明天你就要去天堂花園了，這可是件幸運的事，因為它對你總是有好的影響。記得多喝點智慧泉裡的水；另外，回來的時候也給我帶上一點。」

「好的，我會的，」東風說：「您為什麼把我的兄弟南風扔進麻袋裡呢？把它放出來吧，讓它給我們講講關於鳳鳥的故事。因為每隔一百年我去天堂花園的時候，那位尊貴的仙女總是會問我那隻鳳鳥的事。把那口麻袋打開吧，親愛的媽媽。讓我拿兩包茶葉給您。這兩包茶葉是我從產地的樹叢摘下來的，又綠又新鮮。」

「好吧，看在茶葉的份上，而且你是我的好孩子，我就把麻袋打開吧。」

她把麻袋打開了，南風從裡面爬了出來。不過它的樣子看起來有些頹喪，因為那個陌生的王子看見它顏面掃地了。

「這是要請你帶給仙女的棕櫚葉，」南風說：「這葉子是世上唯一的那隻老鳳鳥給我的；他用尖嘴在上面描繪出他這一百年來的生活經歷，好讓仙女可以自己看。我目睹了老鳳鳥怎麼把他

的巢穴燒掉，而他自己就坐在裡面，就像是印度殉葬的寡婦一樣把自己燒死。乾樹枝燒得多麼猛烈，冒出了多少的煙霧，氣味又是多麼濃重！最後所有一切都燒起來了，老鳳凰也化成了灰燼。但是他的蛋卻在火焰中發光發熱；後來，一聲巨響，小鳳凰從蛋殼裡飛了出來。現在他是所有鳥類之王了，也是世界上唯一的鳳鳥。他在我給你的這片棕櫚葉上啄了一個洞向仙女致敬。」

「我們先吃點東西吧。」風的母親說。

當它們坐下來吃烤雄鹿的時候，王子在東風旁邊坐了下來，他們很快就成了好朋友。

「請告訴我，」王子說：「你們剛才一直在說的那位仙女是誰呀？那個伊甸園在哪裡呢？」

「啊，哈！」東風說：「你想去那裡嗎？明天就跟著我一起飛吧，但是我得先警告你，那裡自從亞當和夏娃以後，就沒有其他人類去過，你在聖經上讀過關於他們的故事嗎？」

「當然。」王子說。

「在他們被趕出去以後，天堂花園深深地沉入了地底，但它卻還是保有溫暖的陽光、清新的空氣和它所有的榮耀。仙女們的公主就住在那裡，死亡永遠不會降臨，而幸福永遠留駐。明天你

就坐在我的背上，我會把你帶在身邊，我認為這是可以辦到的。不過，現在我們先別再說話了，因為我想休息了。」接著，他們全都去睡覺了。

第二天早上，當王子醒來的時候，他吃驚地發現自己已經高高地在雲端之上飛行了。他就坐在東風的背上，而東風也小心翼翼地馱著他。他們飛得非常高，以至於下方所有的森林、田野、河流和湖泊看起來都像是地圖上的東西。

「早安，」東風說：「你可以再睡上一會兒，因為我們下方的平地沒有什麼特別有意思的東西可看，除非你願意數數那些教堂，它們就像粉筆畫在綠板上的標記一樣明顯。」

他所謂的「綠板」就是所有的田野和牧場。

「我離開時沒跟你的母親和兄弟們道別，這可不太禮貌。」

「那時你還睡著，這是可以原諒的！」東風說。

他們飛得比原來更快了。人們可以聽見他們從樹頂上飛過，因為所有的葉子和樹枝在他們穿過森林時都發出沙沙的聲響；當他們越過湖泊或海洋時，海浪高高地捲起，巨大的船隻就像漂浮的天鵝那樣往水裡鑽。當天色暗下來的時候，那些大城市顯得無比璀璨，燈光在黑暗中明滅閃爍。那景象就像有人燃燒著一張

紙，星火不斷接連閃現一般。這時王子高興地拍了拍手，但東風要他別亂動，抓緊一點，否則他可能會摔落下去，讓自己掛在教堂的尖頂上。

黑森林裡的蒼鷹飛得輕快，只是東風飛得更輕快。騎著小馬的哥薩克人迅捷地騎過草原，但王子更迅捷地飛過天空。

「現在，」東風說：「你看見的就是亞洲最高的山——喜馬拉雅山脈，我們很快就能抵達天堂花園了。」

他們繼續向南飛去，那裡的空氣帶著花朵和香料的氣味。處處長滿了無花果和石榴，野葡萄藤上結滿了紅色和藍色的葡萄串。他們倆降落在這裡，在柔軟的草地上伸展肢體；那些鮮花在微風中點頭，好像是在說：「歡迎回來」。

「我們現在已經抵達天堂花園了嗎？」王子問道。

「不對，還沒到！」東風回答：「不過我們就快到了，你看見那個岩石峭壁下面的大洞穴了嗎？洞穴上面還掛著像綠窗簾的葡萄樹，我們要走的就是那個洞口。你可要裹好身上的大衣，雖然陽光在這裡烤得炎熱，但是一踏進裡面，就會像走進冰庫似的。當鳥兒飛過洞口時，會覺得自己有一隻翅膀在夏天，另一隻翅膀在冬天。」

「原來這就是通向天堂花園的道路。」王子走進洞口時說。

天呀！洞裡的確非常寒冷，但是寒冷的時間並不長，因為東風展開了自己的翅膀，那對翅膀閃亮得像烈火似的。這是一個多麼奇妙的洞口呀！懸在他們頭上的是許多奇形怪狀的大岩石，還有泉水從上頭滴落。洞裡有些地方十分狹窄，以至於他們不得不以手掌和膝蓋伏在地上爬行；有些地方又十分寬闊，讓他們好像置身於露天之下。這洞穴就像是有著許多墓穴的小教堂，裡頭有發不出聲音的管風琴和成了石頭的旗子。

「我們就像是經過死亡之門通向天堂花園，對嗎？」王子問道。

東風沒有回答，只是指了指照在他們前面一道可愛的藍光。他們頭頂上的岩石愈來愈模糊、愈來愈像迷霧，直到最後看起來像藍色月光下的一塊雲朵。空氣如同在高山上那麼清新和涼爽，芳香的味道像是山谷中盛開的玫瑰。

有一條像空氣那般清澈的河流，河裡的魚彷彿是一塊塊的銀子和金子。紫色的鰻魚在水中嬉戲，它們的每一次轉身都會迸出藍色的火花；水面上寬大的睡蓮葉子閃耀著彩虹的七彩顏色。花朵被水養著，就像燈油供應著燈光一般，那鮮花明亮得像橙色火

焰。一座堅固的大理石橋，雕刻得既精緻又華美，簡直像是用緞帶和玻璃珠子砌成的。它橫過水面，通到祝福之島，那裡的天堂花園正百花齊放。

東風展開雙手把王子抱住，帶著他跨到島上。那裡的花瓣和葉子唱著他童年時期最悅耳的歌曲，不過它們唱得遠比任何人的聲音都要甜美。花園裡蓬勃生長的那些植物到底是棕櫚樹，還是巨大的水生植物？王子從來沒有見過，也不知道。那些藤蔓懸掛在花環上構成的美妙圖案，就像是只能在古老的宗教插畫書裡看到的那種圖案——邊緣塗著金色和鮮豔的顏色，或者是開篇字母上的纏繞花紋。這裡還有最奇特的鳥類、花卉和扭曲的藤蔓。

在附近的草地上，有一群孔雀展開了自己出色的尾巴；或者只是看似如此，因為當王子伸手觸摸時，卻發現這些不是鳥類而是植物。它們是大牛蒡葉子，光耀得像是華麗的孔雀屏。獅子和老虎在橄欖花開得香甜的綠色灌木叢中跳躍，像貓一樣輕盈。獅子和老虎非常溫馴，因為那隻像貴重珍珠一樣閃閃發亮的野生鴿子，會用翅膀拂過獅子的鬃毛；膽小的羚羊站在一旁點著頭，像是也想加入他們的遊戲似的。

然後，花園的仙女來迎接他們了。她的衣裳像太陽一樣明亮

放光，她的臉孔充滿了喜悅，就像一個母親為自己孩子感到幸福的時刻。她是如此地年輕又美麗。後面還跟著其他可愛的侍女，每個人的頭髮上都戴了一顆閃亮的星星。東風將那鳳鳥寫的棕櫚葉子交給她時，她的眼睛高興得閃閃發光。她用手挽著王子，領他進入自己的宮殿。那裡的牆壁五彩繽紛，就像朝向太陽的一片完美鬱金香花瓣。天花板是由一朵發著亮光的花朵打造而成，而且人們看得愈久，花萼的顏色就會顯得愈深。當王子走到窗邊，在玻璃窗前往外看時，他看見了知識之樹、那條蛇、亞當和夏娃站在樹下。

「他們沒有被趕出去嗎？」他問。

仙女微笑著向他解釋說，時光在每一塊玻璃板上為每件事刻下了一張圖像，不過在這裡，圖像跟平常的不一樣，他們有自己的生命，葉子會在樹上晃動，人們也像在鏡子裡那樣，可以走來走去。

他從另一塊玻璃板上，看見雅各作了夢，爬著梯子登到天上，還有天使們爬上爬下的。的確，世界上曾經存在過的所有事情都在這些玻璃上活動著。只有時光才能做出這樣唯妙唯肖的藝術作品。

她用手挽著王子，領他進入自己的宮殿。

仙女笑了笑，又領著他進入了一個寬敞而莊嚴的大廳，牆壁看起來是透明的。在牆上掛著一些肖像，一個比一個俊美。這些是數以百萬計受祝福的靈魂，他們的歌聲和笑聲交融成了一個和諧的合唱團。排在最上端的肖像看起來非常小，比圖畫中最小的一點玫瑰花蕾還要小。在大廳中央長著一棵綠葉茂密、枝椏低垂的大樹，大大小小的金色蘋果懸掛在樹葉間。這就是亞當和夏娃嚐過的知識之樹。每片葉子上淌著一滴滴亮晶晶的紅色露珠，彷彿它是一棵正在流淚的樹。

　　「現在，我們到小船上去吧，」仙女說：「在流動的水上划船可以讓我們的精神舒爽。雖然船身只會停留在同一處猛烈地晃動，但我們可以看見世界萬國在我們眼前流過。」

　　整個海岸非常奇妙地在移動。首先，是高聳入雲的阿爾卑斯山帶著皚皚白雪和鬱鬱蔥蔥的松樹緩緩經過。號角聲忽然響起，曲調深沉而悲傷；牧羊人則在山谷裡齊聲高唱。過了不久，香蕉樹長長的枝葉下垂到船上，黑天鵝在船邊優游，沿岸則出現了奇特的花草和珍禽異獸，這是新荷蘭（澳洲舊稱），地球的五大洲之一，它被一群藍色的山脈襯托著，遠遠地漂浮而過。這時，他們又聽見了牧師們的歌聲，看見野人在鼓聲和骨頭製的號角聲中

跳舞。埃及巍峨的金字塔和倒塌的圓柱，還有半埋在沙堆裡的人面獅身像，也都從眼前一晃而過。北極光在極點周圍的冰川上發出閃光，展現了無人能仿造的火焰。王子當時所看見的遠超過此處所能訴說的上百倍，他感到無比滿足和快樂。

「我可以一直待在這裡嗎？」他問。

「這要看你自己，」仙女回答他：「如果你能不像亞當那樣容許自己受到誘惑，去做被禁止的事，那你就可以永遠留在這兒。」

「我不會去碰知識樹上的果子，」王子聲明：「畢竟這裡還有其他數千種同樣吸引人的水果。」

「好好檢視你自己的心，如果你的意志力不夠堅定，你可以騎上東風回去。他很快就要離開了，而且一百年之內不會再過來；然而，這段時間對你來說會過得很快，大約只是一百個小時。

「但是，對於抵擋罪惡的誘惑而言，這段時間也是夠長的了。我每天晚上要離開你的時候，我將對你呼喚著：『跟我來。』並且對你伸出手來；但你必須要堅持停住腳步，不可以跟著我走。因為你的欲望會隨著每一步而增加，你會跟著我走進知

識樹生長的大廳。我就睡在它那甜美芬芳的枝條拱頂下，如果你向彎下腰來，我將會給你一個微笑。但是，如果你親吻我的嘴唇，這個樂園將會深深地沉入地底，而你也將失去它。荒野的狂風將會吹著你，冰冷的雨水也會淋在你的髮梢，辛勞和悲傷將會是你之後的命運。」

「我要留在這裡。」王子說。

後來，東風親吻了他的額頭，對他說：「你一定要堅強些。一百年後，我們會在這裡再次相見，再會了！再會！」接著，東風展開了自己巨大的翅膀，它閃亮得如同秋天的閃電或是嚴冬的北極光。

「再會了！再會！」綠葉和樹林間這個聲音不停迴盪。一大群鸛鳥和鶙鶘跟在他後面飛，就像絲帶那樣飄蕩在空中，直到花園的盡頭。

「現在我們開始跳舞吧，」仙女說：「日落時，我在和你跳最後一支舞的時候，你會看見我向你伸出手來，呼喚你：『跟我來吧。』但是請你不要跟來。今後一百年裡的每天晚上，我都將重複一遍。然而，你每反抗一次，力量就將增長一分；最後你將再也不會屈從於試探了。因為今天晚上是第一次，所以我要再提

醒你一次！」

　　然後，仙女就領著他進入一個充滿透明百合花的白色大廳。
每朵花的黃色花蕊都是一把小小的金色豎琴，與琴弦和長笛的樂
音互相呼應。許多苗條的美麗女子穿著薄霧似的細紗，輕盈地跳
著舞，顯現出她們完美的體態。她們歌頌著天堂樂園裡的幸福，
死神從不涉足；生命永遠不老，永遠青春洋溢。

　　太陽下山了，天空出現了一片閃亮的金色，百合花也被染成
了最可愛的玫瑰色。王子喝下了侍女斟給他的氣泡美酒，感覺更
開心了。他看著大廳的背景忽然打開，知識樹出現在一片令人目
眩的光輝當中。從樹上發出了溫柔親愛的歌聲，就像是他去世母
親的聲音，彷彿在唱著：「我的孩子，我最親愛的孩子。」

　　仙女向他伸出雙手，無比甜美地喊著：

　　「跟我來吧，噢，跟我來吧！」

　　他忘記了自己的諾言，忘記了一切；就在第一天晚上，當她
微笑著伸出雙手，他就跑向了她。周圍芬芳的空氣霎時變得更加
甜美，豎琴的音樂也更加動人了，大廳周圍的那數百萬張幸福的
面孔，似乎都向他點了點頭，唱著：「人們只需要知道一件事，
那就是：人是大地的主人。」在他看來，從知識樹落下的水滴不

「現在我們開始跳舞吧。」仙女說。

再是血淚，而是閃爍的紅色星星。

　　「跟我來，跟我來！」令人顫抖的聲音再度響起，王子每走一步，臉頰就更加灼熱，血流也更加快速。

　　「我一定要去，」他說：「這一定不是會罪惡的事，追隨美麗和幸福不可能是罪惡的。我只要看看她的睡姿，只要我不親吻她，就不會有什麼傷害。我也絕不會吻她，因為我有抗拒的力量、堅定的意志力。」

　　仙女脫下了豔麗的長袍，撥開了樹枝，立刻藏身到樹枝裡面。

　　「我還沒有犯罪，」王子說：「我不會的！」

　　他把枝條撥到一邊，看見她就躺在那裡，已經睡著了。只有天堂花園的仙女才能擁有這般出塵的絕美。她在睡夢中發出微笑，但是當他對著她彎下腰時，卻見到淚水正在她的睫毛間顫動。

　　「妳是在為我而哭嗎？」他低聲說：「不要哭，我美麗的女人呀！直到現在我才能體會樂園的幸福，這幸福在我的血液裡流淌，在我的思緒裡滋長，我感受到了天使的力量，和我身上永恆的新生命。就讓永恆的黑夜降臨在我身上吧，擁有這樣的一分

鐘，什麼代價都是值得的了。」他吻了她眼睛上的淚水，然後他的嘴唇碰到了她的嘴唇。

此時，一聲巨雷猛然響起，使地面震動，萬物驚駭，一切都開始崩潰沉陷！可愛的仙女和開滿花朵的天堂也陷落了，愈沉愈深。王子眼睜睜看著它落進了無邊的黑夜裡，直到它在他下方像一顆發亮的星星，在遠方隱隱閃爍。一種死亡的寒意侵襲了他的全身。他絕望地閉上了眼睛，像死去那般躺在地上。

冰冷的雨水飄落在他的臉上，寒風吹著他的頭髮。他漸漸地恢復了意識。

「我到底做了什麼？」他深深地嘆息：「我就像亞當那樣犯了罪，犯了不可原諒的罪，天堂因我而沉陷到地底了。」

他睜開眼睛，看著遠方的星星，那星星就像已經消失的天堂那樣閃爍著──但這是天空中的晨星。他起了身，發現自己置身於森林之中，竟然就在距離風之洞不遠的地方。風的母親在他旁邊坐了下來。她憤怒地看著他，舉起了自己的手指。

「就在第一個晚上！」她說：「我早就知道會是這種結果，如果你是我的兒子，你就得給我乖乖地鑽進麻袋裡待著了。」

「他確實是應該鑽進那裡去的！」死神說。這是一個粗獷的

老人，手裡拿著一把鐮刀，還有一對寬大的黑色翅膀。「沒錯，他會被裝在棺材裡，但還不是現在，目前我只能先標記他。我會讓他在世間再旅行一段時間，為自己贖罪，變成更好的人。但是，我會在他最不希望我出現的時候回來，把他放進一個黑色的棺材裡，抬起它飛向星星，那裡也有天堂花園敞開。如果他是一個善良且虔誠的人，他就可以獲准進入那兒。但是，如果他懷著惡毒的思想，心中仍然充滿罪惡，他將和他的棺材一同墜落，沉入比天堂還深的地方。只有在一千年以後，我才會再去看他是否必須繼續下沉，或者可以獲准進到那顆明亮的星星——天堂花園那裡去。」

故事賞析

在受到基督宗教影響的西方文化裡，對於人類始祖曾經與上帝一同生活過，後來又被逐出的伊甸園，總懷有一股強烈的孺慕之情。這個童話裡所說的那個天堂花園，正是以此為題材。故事中的王子一直無法在《聖經》以外的書籍中，找到關於這個花園的線索。後來，才在某次像是尋得「桃花源」的偶然機遇下，聽見了關於它的消息，甚至有機會親自一探究竟。

這個故事的敘述方式無疑十分奇特，一開始它非常寫實，後來寫到他在大山洞裡認識了老太太，和那四道風的兒子們時，又變得格外奇幻。擬人化的風似乎經常出現在歐洲的民間故事裡，而它們通常與遠方某個不為人知的地點有關；如北歐的民間故事〈日之東・月之西〉，故事中的女孩也是在四道風的幫助下，才尋得王子的下落——那個位於虛無縹緲之處的城堡。

　　關於伊甸園的所在地，其實歷來有不少猜測。有人認為是在西亞的兩河流域，有人認為在衣索比亞，安徒生則認為它的位置是在喜馬拉雅山脈的附近。安徒生把從空中俯瞰的各種自然景觀和花園附近的景色描寫得令人神往。走進這裡，就像是來到一個逐漸豁然開朗的洞天寶地，又像是一個失落的人間世界。其中的各種動植物到底是從遠古以前遺留下來的物種，或者是天界殘留下來的各種神奇動植物，不得而知。

　　在仙女帶領王子參觀宮殿的過程裡，最精彩的想像，莫過於「時光在每一塊玻璃板上為每件事刻下了一張圖像」，而且，這些圖像還可以像鏡子裡的影像那樣來來去去，是不是很像現代的影音設備呢？而「雖然船身只會停留在同一處猛烈地晃動，但我們可以看見世界萬國在我們眼前流過」，這段描述也讓人感覺

到，這座天堂花園傲然立於瞬息萬變的世間、漠視著世間滄海桑田的變化。

這則童話的另一個重點是談論人性的脆弱。原來，花園裡的誘惑並不是知識樹的果實；畢竟王子已經有亞當的前車之鑑，而且罪惡的誘惑有成千上百種，光是要在一百個小時之內，抵抗仙女的引誘就已經是非常艱難了。即使仙女已經再三告誡王子，但王子在各種感官的極致喜悅之中，還是萌生出了「追隨美麗和幸福不可能是罪惡的」這樣的思想，而使意志動搖，因此在第一天晚上就失敗，被迫離開了這個天堂的花園。

雖然童話中的考驗用意是，希望王子能夠抗拒短暫的慾望而追求長久的幸福——王子在抗拒了被美麗和幸福包裝的罪惡以後，就能得到更高層次的美麗和幸福，可以長久留在樂園。但這裡可能出現一個弔詭的問題：要是王子真能抗拒得了仙女的誘惑，是否也意謂著那樣的美麗和幸福，對他並不具有致命的吸引力？如果這樣，他是否還會有那麼強烈的動機，想要通過考驗，獲得長久留在樂園的許可呢？

後記
我喜愛童話的緣由

　　我是在偶然的情況下接觸到西洋古插畫書的，特別著迷於所謂「插畫黃金時期」（Golden Age of Illustration）的英國作品。這個時期大約介於一八七〇年普法戰爭到一九一四年第一次世界大戰爆發前。那時歐洲社會相對安定，在多元文化的匯合與衝擊下，藝術和文化創意的新產品有了發展的理想條件。我開始累積收藏和研究插畫的這些年來，總不免經常感到驚異和感歎：「原來這麼久以前，西方國家就已經生產出這麼多美麗的圖書和插畫了。」我更深入研究後也逐漸注意到，這個時期的題材尤其以奇幻文學和各種童話特別受到歡迎。「童話」（fairy tales）一詞，常常被誤解為只適合兒童閱讀和欣賞的東西；其實未必如此，它只是對故事所敘述的內容和背景作了某些「簡化」的設定，人們若肯深入地閱讀它們，其實可以看出許多豐富且深刻的內涵。

　　黃金時期的藝術家們高超的想像力和繪畫技巧，還有書籍印

刷與設計方面的技術，除了讓我驚豔，更讓我十分羨慕西方人士和兒童如何受惠於這些作品。這些童話世界或奇幻世界，增進了人們的想像力，也使得他們的精神生活更為精彩。如今，這些美好的圖像，不僅可說是西方世界的文化資產，也是全人類的文化資產。因此，無論從欣賞的角度或學習研究的角度，都具有一定的價值。

同樣身為讀者，我發現童話插畫書確實能帶來特殊的心靈感受，一種難以言喻的幸福感，還有一種四海一家的溫馨感。在這個不局限於時間和空間的想像世界裡，故事中的人物，似古老又童稚，既奇特又熟悉。希望您手中的這本書，也為您帶來了許多美好的感受。

劉夏泱

二〇一八年十一月 筆於台北

安徒生故事選（二）
國王的新衣及其他故事【名家插畫版】

Fairy Tales by Hans Christian Andersen_Illustrated by Harry Clarke

作　　者	安徒生原著
編　　譯	劉夏泱
插　　畫	哈利・克拉克（Harry Clarke）
內頁設計	呂德芬
封面設計	萬勝安
責任編輯	鄭襄憶
校　　對	陳正益
行銷業務	郭其彬、王綏晨、邱紹溢
行銷企畫	陳雅雯、張瓊瑜、余一霞、汪佳穎
副總編輯	張海靜
總 編 輯	王思迅
發 行 人	蘇拾平
出　　版	如果出版
發　　行	大雁出版基地
	地址 台北市松山區復興北路 333 號 11 樓之 4
	電話 02-2718-2001
	傳真 02-2718-1258
	讀者傳真服務 02-2718-1258
	讀者服務信箱 E-mail andbooks@andbooks.com.tw
	劃撥帳號 19983379
	戶名 大雁文化事業股份有限公司
出版日期	2018 年 12 月初版
定　　價	399 元
I S B N	978-957-8567-05-4

歡迎光臨大雁出版基地官網
www.andbooks.com.tw
訂閱電子報並填寫回函卡

國家圖書館出版品預行編目（CIP）資料

安徒生故事選 . 二 : 國王的新衣及其他故事 / 安
徒生原著 ; 哈利 . 克拉克 (Harry Clarke) 繪圖 ; 劉
夏泱編譯 . -- 初版 . -- 臺北市 : 如果出版 : 大雁
出版基地發行 , 2018.12
　　面 ;　　公分
名家插畫版
譯自 : Fairy Tales by Hans Christian Andersen
ISBN 978-957-8567-05-4(平裝)

881.559　　　　　　　　　　　107021122